風雲時代

我抓鬼的日子

之8 鬼眼迷蹤

君子無醉—著

我抓鬼的日子

目錄

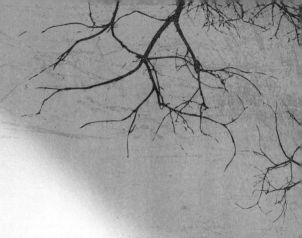

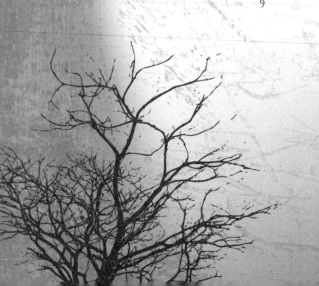

第八十一章

撞神之災

「撞神之災？」玉嬌蓮疑惑地問道。
「我在昏迷之前看到了一些徵兆，
撞神之災的第一個災厄，就是這紗布，」
我苦笑地看了看那紗布：「按照我所看到的徵兆推測，
我還要遭遇兩次災厄，接下來的一次是萬劍穿心。」

深夜，天上無月也無星，正是陰氣最盛的時刻。醫院東北角的廢墟邊上一片漆黑，一盞路燈都沒有。我站在破敗的草棚裏，穿了一身道袍，手裏捏著桃木劍，指間夾著幾道紙符。在我的面前，是一個供桌，燭火在風中搖曳。

我冷冷地看著供桌的後方，那裏有一片氤氳的黑氣，正在廢墟中翻騰。

時間差不多了，是時候行動了。我踏前一步，將手裏的草紙放到供桌上，咬破中指，以血畫符，將紙符的力量大大提升了，然後將紙符放到燭火上點燃。

我一邊念縛魂咒，一邊揮舞著桃木劍，按照八卦方位分別在八門方向點畫完畢，接著回到供桌前，靜靜地等待著。

片刻之後，猛然一陣刺骨冷風乍起，只見一團血色氤氳的煞氣從廢墟之中衝了出來，撞進了我所設的縛魂法陣中。

煞氣入陣，法陣立刻啟動，數道純陽精氣所組成的無形鎖鏈，立刻形成了一張巨大的網兜，將煞氣圍裹起來。

「大神在上，我方大同迫於無奈，敢請大神駐足片刻，如有衝撞之處，還請見諒，小子略備薄酒，還請大神笑納！」我連忙跪地祈禱，端起一杯酒撒到地上。

「呼隆——」酒灑落之後，又是一陣刺骨陰風刮過，身處精氣網兜之中的煞氣團發出陣陣低沉的吼聲，接著猛地向網兜衝撞，試圖衝開束縛。

「不可！」我心裏一驚，不敢怠慢，立刻咬破舌尖，一縷精血噴灑而出，將差點衝破網兜的煞氣團重新壓制了回去。

「吱嘎噶——」煞氣團縮身回到網兜之中懸浮著，卻仍不停發出陣陣磨牙聲響。

我瞇眼細看，赫然見到一個全身黑毛、青面獠牙、紅目尖爪的凶戾形象。

「這是什麼?!」我心裏一震，猛然想起了《青燈鬼話》上的一段記載。陰神分為九種十八類，其性多變，形狀不一，有的可通人語，有的凶頑暴虐，不通人言，撞之最凶。看來，這次我的運氣很不好，正好撞到了一個不通人言的凶戾陰神。這可真的是請神容易送神難了。

我看了一下表，只要再撐十五分鐘就可以結束了，連忙再次跪地，哀求禱告起來，請求陰神的諒解。但是，那個陰神似乎已經看穿我的詭計，壓根兒就不理會我的禱告，一味猛烈地向外衝撞。無奈之下，我只好取出陽魂尺，爆發出陽尺氣場，對縛魂法陣進行加固。

如此一來，我便和陰神直接對上了，我只能用我的純陽精氣與他對抗。

「咚——」

「咚——」

陰神之力，何等強悍，又豈是常人能夠抵擋的？數次衝撞之後，我只覺遍體生寒，周身陰風颯颯，彷彿有一團黑雲壓在我的面前，一隻巨大的利爪正捏住我的身體。空間開始旋轉，我已經置身縛魂法陣之中，與陰神煞氣短兵相接。

「呀——」一陣陣尖厲的號叫響起，一個個巨大的骷髏頭向我呼嘯而來，貫穿我的軀體而過，我的生命力也隨之一點點流逝。

「哇哈哈哈——」低沉凶戾的聲音傳來，我一口鮮血猛噴出來，瞬間消弭了面前的黑色空間。

「既然如此，我就用我的畢生修為和你鬥！」我冷喝一聲，陽魂尺一拋，懸立額前，接著用指甲迅速在左手腕上劃開一條長長的口子，讓鮮血噴流而出，向四周撒去。

純陽精血如同豪雨一般揮灑，立刻將黑暗空間逼退了。我瞇眼四顧，看到了周圍影影綽綽的樓房和建築。

但是，依靠純陽精血的力量，我也不能支撐太久，畢竟血是有限的，而隨著血液流失，我的身體也漸漸虛弱下去，意識開始模糊起來。

「玉嬌蓮，你一定不要辜負我的一番努力，老子可是拿命在拼！」我一邊揮灑鮮血，一邊咬牙心想道。

就在我快要支撐不住的時候，手機鈴聲響了。我臉上浮起一抹微笑，知道事情已經辦成了，就縱身向後急速一躍，轉身狂奔而去，不敢有絲毫停留。

「呀呀呀——」一陣陰風刮起，陰神顯然被我激怒了，正銜尾向我追來。

「雞血！黑狗血！快快快！」我一邊跑一邊對著前方吼道。

「噗噗噗，嗤嗤叱——」夾道兩邊的圍牆立刻噴灑出一片片黑色血液，這些都是我事先準備好的未交配過的公雞仔和黑狗的血，陽氣最盛。

陰神煞氣如同烙鐵入水一般，冒起了白氣，發出一陣嗤嗤聲。陰神終於放棄了對我的追趕，捲風而去。我心裏一放鬆，轉身心有餘悸地看著來路，身體一軟，躺倒在地，昏迷了過去。

我昏迷的當口，只感覺胸口似乎壓著一塊巨大的石頭，壓得我連氣都喘不過來。我費了很大的力氣，剛喘上一口氣，卻看到無數利刃向我襲來，瞬間將我的軀體割裂成了無數塊。接著，一道刺眼的閃電從天而降，直直向我身上劈了下來，我的軀體立刻化作一塊焦炭，碎裂了一地。

黑暗，虛無，什麼都感覺不到，包括自己的身體。只有一絲若有若無的意識，在虛空之中飄飄蕩蕩，無法呼吸，一種死亡的感覺悄然降臨。

但是，不對，我為什麼會死？我又為什麼要死？我的生命才剛剛開始而已！我不能隨波逐流，我要奮起反抗！

「啊——」無盡虛空之中，一聲聲嘶力竭的怒吼，我猛然從沉睡中醒來。

「咳咳咳——」我一陣劇烈的咳嗽，同時感到胸口上似乎被人用鋼絲緊緊勒住了一般，刺痛又壓抑。

「醒了，醒了！」一群人影圍在我的身邊。

我根本就沒能看清楚他們到底是誰，抬手猛地揭開被子，向胸前一看，一條寬紗布把我捆在了床上。

「操！」我一聲怒罵，抬手抓住紗布撕扯起來，接著霍然坐起，兩眼凶光霍霍地瞪著這群人，咬牙冷聲道：「誰幹的，給老子站出來！」

「對，對不起，你昏迷的時候一直在胡言亂語，到處亂動，我是為了讓你不摔下床來，才用紗布把你固定住的。」一個小護士怯生生地說。

「是醫生交代你這麼做的嗎？」我臉色鐵青地瞪著護士問道。

「不是的，是我根據經驗——」

我深吸一口氣，打斷了小護士的話：「你有什麼經驗？你他媽的差點害死老子，知不知道?!」我懊惱地大喝一聲。

我看了看眾人，發現陳邪、鬼手、玉嬌蓮都在，他們顯然都很關心我的情況。玉嬌蓮尤其動情，還在擦眼淚。

「玉嬌。」

「嗯。」玉嬌蓮輕輕應了一聲，強作鎮定地走上前來，問道：「代掌門，有何吩咐？」

「小ㄚ頭的事情，辦妥了嗎？」我有些擔心地問道。

「辦妥了。」玉嬌蓮點了點頭，滿臉傷心和感激神色。

「葬禮在週末辦。」玉嬌蓮抹了抹眼淚，接著燦然一笑道：「小傢伙很可愛，是個男孩。我已經跟他的父母搞好關係，認他當乾兒子了。」

「那就好。」我對眾人揮手道：「你們先出去吧，玉嬌留下來幫我收拾一下，我要馬上出院。」

等眾人都出去了，玉嬌蓮神情有些激動地看著我問道：「要我幫你收拾什麼？」

「幫我換衣服，我一點力氣都沒有。」我喘息了一聲，仰身就準備跌躺到床上，玉嬌蓮卻突然一步上前來，一把將我抱住了。

她很激動，抱住我之後，臉頰伏在我的脖頸上。

「好了，我的撞神之災已經開始了，你再不行動迅速一點，我就要被你害死了。」我拍拍玉嬌蓮的背說道。

「撞神之災？」玉嬌蓮連忙扶我躺下，一邊幫我換衣服，一邊有些疑惑地問道。

「我在昏迷之前，看到了一些徵兆，撞神之災的第一個災厄，就是這紗布，這東西差點讓我窒息而死。」我說著話，抬起手，苦笑地看了看那紗布：「你聽我說，按照我所看到的徵兆推測，我還要遭遇兩次災厄，接下來的一次是萬劍穿心。」

玉嬌蓮認真地聽我說話，給我換衣服的時候，沒有絲毫不適和害羞之情，這倒是讓我心裏放鬆了不少。

玉嬌蓮問道：「那是不是很嚴重？有沒有防備的辦法？」

「不知道，應該很嚴重，這些災厄肯定是一波比一波凶猛，這萬劍穿心肯定不好對付，所以我要快點出院，這裏不安全，一旦出事，還會傷及無辜，我要趕緊找個安全的地方躲起來才行。」

我下了床，甩甩胳膊，發現還是很無力，知道這是失血過多導致的，就對玉嬌蓮說：「趕緊讓他們給我準備點補品，要大補的，我失血太多了。」

玉嬌蓮連忙扶我上車，我縮在座位上昏昏欲睡，任由司機向前駛去，連去哪裡都不想問。

不多時，車子停了下來，我抬眼一看，居然到了玉嬌蓮的別墅。我知道這個女人不放心把我放在別的地方，不覺微微一笑，下車往院子裏走去。

這時，一輛黑色轎車緊跟著我的車子停了下來，車門打開，玉嬌蓮手捧食盒，向我跑過來。

「這是魚翅燕窩，還熱著呢，趕緊進去吃吧。」玉嬌蓮拉著我的手往裏走，吩咐外面的人加強警備。

到了別墅裏，我坐到沙發上，抬眼看了看大廳，一種久違的回家感覺湧上心頭。我居然蹦出了一個極為奇怪的念頭，要是真的和玉嬌蓮在一起的話，這一輩子也就這麼過了。有家有口的平靜小日子，其實也不錯，我又何必非要去招惹那麼多事情呢？

我就不能過一個普通人的生活嗎？可是，如果我這麼做了，姥爺怎麼辦？我不能推卸自己的責任，我不適合擁有家庭，我所要遭遇的災厄，不是命特別硬的人，根本就沒法和我一起生活。

「來，吃一點兒吧。」玉嬌蓮殷勤地打開食盒，用小勺子舀起，遞到我的嘴邊。

我輕輕一笑，抬手將勺子接過來，伏身開始大口大口地吃了起來。

「呼嚕呼嚕——」我抬眼看著滿臉欣慰和驚愕的玉嬌蓮道，「還有沒有別的能填肚子的東西，酒也行，快點！我要補充能量！」

「噢，還有酒。」玉嬌蓮情急之下，只聽到了最後一句話，連忙跑到樓上，抱著一瓶葡萄酒走下來，說道：「這是我從法國帶回來的。」

「拿來！」我伸手接過來，用力一擰開木塞，仰頭一口氣將一瓶酒喝光，這才長出一口氣，十分滿足地把自己扔到沙發上，摸著肚子感嘆道：「爽。」

我點起一根菸，一邊抽著，一邊對她訕笑道：「辛苦你了，我感覺有點累了。借你的臥室睡一覺，呵呵，你不介意吧。」我起身往樓上走。

「你要不要先洗個澡？我給你放熱水。」玉嬌蓮踏著小步跟在我身邊，扶著我問道。

「不，不用了。」我這才發現酒喝得有點猛了，現在後勁上來，我覺得胸口燥熱，渾身冒汗，舌頭都有些大了。

進到玉嬌蓮的房間，我渾身酒氣地躺倒在床上。玉嬌蓮細心地為我脫了鞋子和上衣，幫我蓋好被子，這才輕輕帶門出去。

我迷迷糊糊地準備睡覺。那瓶酒喝得實在有點猛，我感覺腸胃冒火一般，結果在床上翻來滾去，折騰了半天都沒能睡著。

我只好起身活動一下，走到窗邊，拉開窗簾看了一下外面的天色，發現一抹夕陽暖暖地照進來。我將窗簾全部拉開，走到牆角倒了一杯水，走回窗前，一邊曬著太陽一邊喝著水，心裏卻在想著撞神之災的徵兆。

按照我昏迷之前看到的景象，我首先要遭遇的是窒息胸悶的災厄，然後是利刃之傷，最後是天雷之劫。最讓我擔心的，是天雷之劫。

按理來說，天雷之劫都是用來對付精怪的，現在居然降臨到我的身上，那只能說明，我這次逆天之行，果然引起了宇宙的巨大反彈。

我的心情很難平靜下來。天雷之劫，任天神也要灰飛煙滅，那可不是一般人能夠應對的。到時候，我絕對不能硬拼，要想辦法應對才行。

我看了一下表，距離我施展請神法陣到現在，已經過去接近四十九個時辰了。萬劍穿心之劫如果要來的話，應該不遠了。

「不對！」我猛然想到了什麼，站起身來就向外跑，準備通知玉嬌蓮他們做好迎敵的準備。但是，我還是晚了一步。

當我打開臥室的門，向下看去時，樓下的大廳裏已經站了十幾個黑衣人。玉嬌蓮他們已經都倒在地上了。

這些黑衣人每人手裏都拿著手槍，上面還帶了消聲器。他們早已在我察覺之前，也在玉嬌蓮等人反應過來之前，就將他們放倒了。我現在唯一能夠做的，就是祈禱他們沒有對玉嬌蓮等人下狠手。如果因為我一人波及這麼多無辜性命，我就算是死了，也死得不甘心。

酒勁未消的我，神色一凜，一把從腰間抽出陰魂尺，又從後腰掏出手槍，就從樓梯上衝下去。

「砰砰砰——」我連番射擊，瞬間將數個黑衣人放倒在地。

這些黑衣人反應過來，立刻各自尋找掩護，向我反擊。一時間，子彈呼嘯而來。我深吸一口氣，將速度提升到極限，在空中飛躍縱橫，所到之處，無一倖免。子彈打完，陰魂尺出手，一道道強勁的陰尺氣場將黑衣人掃翻在地。

不過，這些黑衣人既然敢大白天進來襲擊，自然都不是弱手，他們躲藏很隱蔽，站位很分散。我要想將他們全部打倒的話，就要費很多工夫了。我只能依靠超人一等的速度，迅速將靠近我的黑衣人消滅。

我沒有手下留情，因為我知道，他們的出現不光是因為仇恨，更多的是撞神之災的牽連。我如果不能對抗他們，我的下場將會極為悲慘。

「唰——」一尺劈下，將一名藏在牆角、準備偷襲我的黑衣人放倒之後，我發現黑衣人已經被消滅得差不多了，只剩下兩個，正站在沙發邊上，冷冷地看著我。

這兩個人從我出現到現在，連動都沒動過，儼然雕像一般。他們的淡定，充分顯示了他們的身分很重要。真他媽的能裝，死到臨頭還不知道，他們難道以為我會對他們心慈手軟嗎？

我冷笑一聲，抬腳向他們走過去。

「啪啪啪——」清脆的掌聲響起，一個戴著墨鏡的男子從沙發裏站了起來。

「不錯，好身手，有膽識。說實話，你是我見過最棘手的對手。」墨鏡男子轉身看著我，滿臉笑容。

「知道厲害就趕緊滾蛋，我沒時間和你們玩。」我冷笑一聲，抬眼去看玉嬌蓮的情況。

「找什麼？是不是在找她？」墨鏡男一彎腰，抓著玉嬌蓮的頭髮，將她拖了起來。玉嬌蓮此時處於昏迷狀態，完全沒有知覺。

「放開她，我給你最後一次機會。」我冷冷地說。

「呵呵，是嗎，莫非你有辦法把她搶走不成？我倒要看看你有沒有這個本事！」墨鏡男臉色一冷，掏出一把匕首，架到玉嬌蓮的脖子上，冷眼看著我說：

「我們的槍裏都是麻醉彈，你的那些手下，還有這個美人兒，都只是昏迷了而已，一個都沒死。冤有頭債有主，你放心，我們講究江湖道義，不會傷及無辜。不過嘛，這個小美人兒，你好像挺關心她的。我們雖然不會殺了她，但是給她臉上留個痕跡還是可以的。」

墨鏡男說著，抬起手裏的匕首，在玉嬌蓮的左臉上劃了一道，一滴滴鮮血從傷口流了出來。我心裏一驚。我知道，對於玉嬌蓮這樣的美女來說，毀她的容，還不如殺了她。

我不覺一揮手道：「住手！你們想怎麼樣，說吧。」

「我們想要做的事情很簡單，你應該很清楚的。」墨鏡男冷冷一笑道，「我數三聲，你轉身閉眼，站著不要動。否則，我絕對讓你的小美人兒變成醜八怪！」

「好吧，我聽你的，你不要再傷害她。」我冷冷地說，不動聲色地將手裏的尺插到背後的上衣裏，護住了心臟部位，這才緩緩轉身，靜靜地等待著。

「用真子彈，每人一梭子，我看能不能打死他！」身後傳來墨鏡男的聲音，接著是子彈上膛的聲響。

「砰砰砰——」一陣陣槍聲響起。兩把手槍，每把七顆子彈，除去打歪的幾顆，有十餘發都準確命中了我的身體。

「噗——」一口鮮血噴出，我兩眼一黑，向前撲倒在地。

萬劍穿心，果然應驗了。

當我醒來的時候，坐在我床邊的人，居然是薛寶琴。而且，我住的不是普通病房，而是一間類似密室的全封閉房間。

房間裏的醫療設施很齊全，我身上被連接了不下十條管子和線，分別通向不同儀器。那些儀器的螢幕在不停閃動著。

病床旁邊有一張方桌，桌上放著一個玻璃盤子，裏面有五顆帶血的彈頭，其中有兩顆已經扭曲變形了，這證明子彈曾經命中骨骼。

「醒了，感覺怎麼樣？」薛寶琴揉揉發紅的眼睛問道。

「感覺還行，就是有點餓，我覺得你應該給我插條管子到胃裏，給我灌老母雞湯。」我笑著說。

「都這個時候了，也只有你還有心情開玩笑。你知不知道，這次有多危險？你一共中了八槍，有三槍穿透了身體，還有五顆子彈留在體內，現在都已經取出來了。你自己留著做紀念吧，提醒你以後小心點。」薛寶琴有些猶豫地看了看我，咬咬嘴唇道：「我最後一次見你的時候，你的眉心尚是清朗狀態，沒有任何霉運的跡象，但是在短短兩天時間裏，眉心變成了一片死黑，顯示你死期已到。你到底做了什麼？」

「你看出來了。」我有些尷尬地笑了一下，「這就叫牡丹花下死，做鬼也風流啊。都是女人惹的禍，嘖嘖。」

「再大的禍水，也不可能一下子帶給你這麼強的霉運，你倒是和我說說，到底發生了什麼事，我好看看能不能想辦法幫你。」薛寶琴皺眉看著我。

我遲疑了一下，反問她道：「按照你的推測，我這次是不是沒救了，必死無疑了？」

「說不準，就算不死也得半條命了，這麼多年，我還是第一次看到眉間黑氣如此重的人。你現在的狀態真的讓我很擔憂。」薛寶琴皺著眉頭道，「是不是因為那個玉嬌蓮？」

「不算是。其實，是怪我自己逞強。」我苦笑道。

「你放心吧，她的事情，我都已經處理好了。本來，那天他們去襲擊你，我事先已得到消息，只是我沒料到他們會提前行動，結果去晚了一步。不然的話，你也不會受這麼重的傷。洪玉龍父親的英奇集團，已經被我派人收購了，而且他們偷稅漏稅，這一次洪家算是徹底完蛋了。」薛寶琴輕描淡寫地說道。

她說得輕鬆，我卻聽得一陣心驚。我還真沒想到薛寶琴會有如此通天的能力，如此狠辣果斷的手段，更沒有想到她會為了我做這一切。

我愣了好幾秒才反應過來，第一句話卻是：「你到底是幹什麼的？」

「這個你不用問。」薛寶琴揮揮手道，「不說這些了，說說你的事情吧。你準備怎麼辦？我聽他們說，你好像要遭遇什麼天譴？」

「是的。對了，我昏迷多久了？」我連忙問道。

「算上今天，你已經昏迷五天五夜了。」薛寶琴說道，「你的體質異於常人，換成其他人，早就一命嗚呼了。你能醒過來，就算是奇蹟了。」

「五天了，那我還有兩天時間。」我皺眉道，「我要求你一件事情。」

「說吧，只要我能幫得上忙的。」薛寶琴微笑道。

我有些遲疑地說：「我一直沒問你，你為什麼對我這麼好，一直這麼幫我？你到底是為了什麼？」

「有些事情，是要講緣分的。」薛寶琴笑道，「你可能覺得你和我認識的時間很短，我們之間也沒有深入瞭解。但是，你給我的幫助，我永生難忘，有些事情，你可能到現在都還不明白。說白了，我幫你有三個原因。第一，我是在報恩，因為，我現在的能力有一大半都是你給的。第二，我對你這個人有點喜歡。第三，我是為了長遠打算，你是玄門中人，和你結好，說不定以後用得上。」

薛寶琴的話，讓我越聽越糊塗。她卻揮手道：「你直接說怎麼辦吧，其他事情，以後再說。」

我有些無奈地嘆了一口氣，只好點點頭道：「我接下來要遭遇的是天雷之劫。你也算是半個玄門中人，應該知道這劫難的凶險程度。」

「天雷之劫？」薛寶琴臉色一變，皺眉問道：「怎麼可能？」

「就是可能，我親自看到過徵兆的，萬箭穿心之後，就是天雷之劫，相隔七日，現在還有兩天時間。如果坐以待斃的話，我可就真的是必死無疑了。」我有些艱難地把話說完，伸手握著她的手說：「我只想到一個辦法，但是也不知道行不行。」

「什麼辦法，你說。」薛寶琴緊握住我的手，關切地問道。

「玉女瓊花。」我看著薛寶琴，無奈地苦笑道。

「什麼意思？」雖然不明白我的意思，薛寶琴臉上還是微微泛紅，眉頭微皺。

「有一個傳說，是一個精怪遭到了天雷之劫，然後就採用玉女瓊花的辦法躲過了一劫。這個詞語說起來有些淫褻，其實操作起來，並不是你想像的那樣。總之，到時候，你聽我的就是了。」

我無力地閉上了眼睛，再次昏睡過去。

我睡著沒多久，就又被叫醒了。我睜開眼時，發現床邊的人變多了。玉嬌蓮擦著眼淚，臉上貼著ＯＫ繃，正坐在床邊，兩眼通紅地看著我。陳邪和鬼手有些感動地看著我。見我醒了，他們簡單地向我說明了一下情況，就知趣地離開了。

「不要哭了，我死不了的。」我拍拍玉嬌蓮的手說。

「為什麼？」玉嬌蓮抬眼看著我問道。

「什麼？」我有些疑惑地問。

「為什麼你讓她幫忙，而不是讓我幫忙？你要遭受天雷之劫，她都和我說了。」玉嬌蓮紅腫著眼睛，滿臉委屈地說。

「當時只有她在，我沒有辦法。」我皺了皺眉，「不過，你知道了也好，既然如此，那就你們兩個一起吧。」

「要怎麼做？你和我說，就算是拼上這條命，我都不會退縮的。」玉嬌蓮握著我的手，很激動地說。

我不覺嘆了一口氣：「我擔心的就是這個。這個事情很危險，我不希望有人因為我而出事。我還不知道這個方法能不能奏效，所以到時候，如果實在不行的話，我希望你們能夠及時終止行動，不要因為我送了性命。」

「你，你這是什麼意思？」玉嬌蓮瞪著我，冷冷地問道：「你擔心我怕死？」

「唉，和你說不通。」我無奈地嘆了一口氣，「把大小姐叫過來，我和你們仔細說一下，你們好著手準備。現在是什麼時候了？我睡了多久？」

「我們已經整整六天沒有見到你了。剛才，我們一起求大小姐，她才放我們進來的。」玉嬌蓮又伸手抹了抹眼淚。

「她這是什麼意思？敢情我變成她的私有物品了？」我有些惱怒地說。

「不，不怪她，是我不好。」玉嬌蓮連忙說道，「她也是為了你好。她說你和我們在一起不安全，是我們把你害成這個樣子的，她生氣是有道理的。」

「什麼你們把我害成這個樣子的？這個事情和你們有關係嗎？」我有些無語。

「當然有關係，我把你幫我請神的事情都告訴她了。她知道之後非常生氣，覺得你為我犧牲太多了。她，她好像有些吃醋了。」

玉嬌蓮嘟著小嘴，臉上明顯帶著一絲得意。

我無奈地苦笑了一下，不再糾纏這個問題，說道：「幫我把她叫進來吧。」

「喲，這麼快就談完啦，看來還是要命要緊啊。」薛寶琴進來之後，往床邊的椅子上一坐，就斜眼看著我，似笑非笑地揶揄了我一句。

我乾笑了一下，說道：「說正事吧。我要你們幫我的忙，很簡單，也很危險。按照我的預測，明日午後，將會有天雷之劫降到我的頭上。到時候，你們幫我找一處僻靜的露天場所，準備一口大缸。我要在天雷之劫降臨之前鑽到大缸裏，把自己倒扣在地上，這叫『四面含土，不見天日』。這樣一來，就能儘量減少天雷對我的攻擊。當然，天網恢恢疏而不漏，我不管怎麼躲藏，最後還是會被找到的。天雷之劫要持續一時三刻，這段時間能撐過去就好，撐不過去也就玩完了。」

「除了這個，我們還需要做什麼？」玉嬌蓮有些急切地問道。

「你們要坐在大缸上面，幫我擋著。」我抬眼看著她們說道。

「你是說，你自己躲起來，然後我們幫你擋雷電，是不是？」薛寶琴皺眉問道。

「差不多就是這樣，你要是後悔了，可以不答應我。」我含笑看著她。

「這——」薛寶琴沉思了起來。

第八十二章

劫數難逃

老者點點頭，走過來坐到床邊，拿起我的手掌看了看，
又掀掀我的眼皮，把我的額頭仔細看了一遍，
這才起身道：「死期已到，劫數難逃。」
「啊，師父，那，那怎麼辦？」薛寶琴滿臉驚慌地問道。

「我願意！你放心，我一定會幫你擋著的。」玉嬌蓮走上來，滿臉堅定地看著我說道。

我欣慰地點了點頭，又有些失落地向薛寶琴看去，對她說道：「你幫我的已經夠多了。我這麼要求你，確實有些過分了，你不用當真。」

「哼，真見鬼。」薛寶琴秀眉一蹙，「我就不信你捨得讓她替你送死，你葫蘆裏到底還藏著什麼藥，一口氣說出來吧，別賣關子了。」

我嘿嘿一笑，知道我的小把戲瞞不過這個精明的女人，訕笑道：「是這樣的，天眼純陽至陰，我們可以利用這一點來對抗天雷之劫。」

「這和我們坐在上面幫你擋著有什麼關係？」薛寶琴問道。

「嗯，當然有關係。」我的眼神有些躲閃，「到時候，你們，你們需要全身一絲不掛地坐在上面。」

「你——」薛寶琴直愣愣地看著我，神情很是驚愕。而玉嬌蓮則是滿面羞紅，但是神情卻依舊堅定不移，沒有提出任何質疑。

「你可不要跟我開玩笑，都這個時候了。」薛寶琴沉聲說道。

「我沒和你開玩笑。到時候，你們確實要這麼做，才能夠以女人的陰濁對抗天眼，乃至對抗天雷。」

「就這些了？然後呢？」薛寶琴冷聲問道。

「你這個女人，就是太聰明了。」我無奈地搖了搖頭，伸伸懶腰，說道：「你們需要注意的就是，到時候如果沒有什麼作用，雷電依舊直接打到你們身上了，那你們就機靈點，趕緊走開，不要再勉強。你們走開之前，敲敲缸壁，我就知道了，我也會設法逃走的。」

「你怎麼逃走？」薛寶琴追問道。

「這個你就不用管了，總之，我會有辦法的。」我笑道。

「哼，既然你有辦法逃走，那你幹嘛不直接逃走？」薛寶琴瞇眼問道。

「這個——」我被她問得一噎，只好訕笑道：「直接用，不好使。反正，大概的情況就是這樣了，你們要跟著我冒很大的風險，我先謝謝你們。」

「不用謝，這是我應該做的，也是我真心願意做的。」玉嬌蓮連忙搖頭道。

薛寶琴看了看玉嬌蓮，接著扭頭看著我說道：「按照你的說法，花錢去請兩個女人過來，豈不是效果更好？」

「呵呵，你說得也對，不過，我真的不想躲在別的女人屁股下面，所以，這個事情，你們看著辦吧。」我瞇眼微笑道。

薛寶琴不覺點了點頭，接著疑惑地問道：「你說，如果你躲在房間裏，或者地下，是不是就能避過天雷之劫了？天雷總不能劈進山洞裏吧？」

「呵呵，你以為我沒想過嗎？天雷如果不能劈到腦袋上，就會化作心火，在靈魂裏燃燒。到時候，就會更麻煩，想找對策都找不到了，只有活活燒死。」我無奈地嘆了一口氣，「所以，最好的辦法還是大膽地去迎接天雷，能夠撐過一時半刻，也就過去了。如果實在撐不過去了，那也是宿命。」

薛寶琴和玉嬌蓮都默然地點了點頭。她們這是在拿命陪我玩。玉嬌蓮能夠做到這一點，我很能理解。薛寶琴的行為則讓我有些疑惑。不過，這女人的嘴太緊，我怎麼問，她都不說原因，我也只好隨她去了。事態緊急，已經容不得我做過多的考慮了。

每每到了性命攸關的時候，我的心態反而平靜下來。就算真的死了，我也死得從容，不是稀裏糊塗地死去。這世上，有太多的人在懵懂的狀態下離開了世界，那是一種怎樣的遺憾和悲哀。

「還要麻煩你一個事情。」我看著薛寶琴說，「幫我搭一個渡劫法台，最好能夠清場，以免到時候連累無辜。」

「放心吧，這個事情我會辦好的。你今天晚上就好好休息吧，別的事情就不要多想了。」薛寶琴站起身，幫我掖了掖被子，有些黯然地回身握了握玉嬌蓮的手，柔聲道：「玉嬌，我們先出去吧。」

「嗯，好。」玉嬌蓮和我對視了一眼，這才依依不捨地跟著薛寶琴出去了。

她們出去之後，我並沒有繼續睡覺。我先簡單地查看了一下自己的身體，發現傷勢已經恢復了一大半。這次的傷太過嚴重，所以，雖然在床上躺了五六天，現在動彈起來，還有些隱隱作痛，說明內傷還沒有完全痊癒。

但是，我也夠幸運了，只要我再睡一覺，應該就能夠活動了，這對於我接下來的行動還是很有幫助的。

我平躺下來，深吸一口氣，閉上眼睛。「呼——」我嘆了一口氣，伸了伸懶腰。

沒有想到，就在這時候，房間的門打開了，薛寶琴帶著一個穿著道袍、鶴髮童顏的老者走了進來。

「方曉，你快看看，誰來了。」薛寶琴有些激動地推了推我。

「看到了，別推了，我沒睡著。」我嘟囔了一聲，側頭看了看那個老者，發現他容貌奇異，氣息內斂，帶著一股仙氣，不覺恭聲問道：「這位是——」

「這是我師父。哈哈，你算運氣好，他今天正好雲遊經過來看我，我就把你的事情和他老人家說了。他說他可能有辦法，不過要先見見你。」薛寶琴走過去挽著老者的手臂，說道：「師父，這就是方曉。你看他的情況怎麼樣？」

「不太好，眉心死黑，乃是大凶之兆，恐怕喪命就在明日。」老者瞇眼看了看我，捋鬚點頭道。

「那有沒有辦法救救他？師父，您幫他想想辦法，好嗎？」薛寶琴抓著老者的手臂央求道。

「呵呵，小琴，這孩子的氣運，我看定然是幹了天大的壞事，才會變成這樣的。這麼一個人，你又何必要救他？他和你是什麼關係？」老者瞇眼皺眉問道。

薛寶琴不覺臉色一紅，含羞地鬆開了老者的手臂，斷續說道：

「我，我和他，沒，沒關係。不過，師父，你相信我，他真的沒幹壞事。他是幫別人的忙，衝撞了陰神，才變成這樣的。他是好人，他要是壞人的話，我才不會幫他呢。」

老者點點頭，走過來坐到床邊，拿起我的手掌看了看，又掀掀我的眼皮，把我的額頭仔細看了一遍，這才起身道：「死期已到，劫數難逃。」

「啊，師父，那，那怎麼辦？」薛寶琴滿臉驚慌地問道。

「沒有辦法。」老者說道，「此子逆天改命，又衝撞陰神，罪莫大焉，這種情況，老夫還是頭一次遇到，當真是想不出解決的辦法。」

「嗤——」見到老者裝模作樣的樣子，我躺在床上冷笑了一聲。

「小子，你的心態倒是挺好的，我觀你面相，也是玄門中人，難道你就不知道你將要遇到什麼情況嗎？難為你現在還笑得出來。」老者回頭冷眼看著我，沉聲問道。

「哼，這事我七天之前就算出來了，用不著你提醒我。不過就是一死，有什麼好怕的。早死早托生，不一定是壞事。大師，您就不要為我操心啦。」

「哈哈哈——」老者不覺仰天一陣大笑。

「方曉，你幹什麼?!師父他好心來看你，想要幫你，你怎麼這樣說話？」薛寶琴連忙拍了我一下，皺眉低聲問道。

「呵呵，沒事的，大師是玄門中人，不會介意這些小節的。而且，我說的是實話，我這個情況，就是神仙來了也救不了。這個事情我比誰都清楚。你就不要瞎忙活了，還是趕緊請老人家出去，然後好好按照我交代你的方法去做，說不定還能奏效。」我鄭重地說道。

「好吧。」薛寶琴只好無奈地點了點頭，接著轉身挽住老者的手說：「師父，對不起，讓您見笑了。他就是這麼個脾氣，您不要見怪。走吧，我送你出去。」

「不，不。」老者揮揮手，打斷了薛寶琴的話，接著捋鬚含笑看著我，淡淡一笑道：「小子，聽你剛才的語氣，好像你有辦法應對這個劫數？老朽能否聽一聽？」

「雕蟲小技，不說也罷。」我本來就對那個方法沒底，現在遇到玄門中人，怎麼可能說出來呢？不過，薛寶琴對老者極為信賴，所以，她三言兩語就將我設計的辦法全部告訴了他。

「師父，您覺得這個方法會有用嗎？」薛寶琴滿眼期待地看著老者。

我雖然是裝作心不在焉的樣子，眼角的餘光卻也緊緊鎖住了老者的面孔，等待他的回答。這時候，我太需要一個懂行的人來幫我證明一下了。

「嗯，不錯。」讓我感到驚喜的是，老者沉吟片刻之後，居然點了點頭，對我的方法表示了贊同。「這未嘗不是一個可行的辦法，能夠想到這一步，而且又這麼年輕，這足以說明你的玄門修為根基很深。我很是佩服。」老者說道。

「多謝大師讚賞。」我鬆了一口氣，微笑欠身。

「呵呵，今天既然來了，也算咱們有緣分。那麼，我就再給你加一道保險。」老者瞇眼看了看我，湊近我的耳邊，含笑低聲道：「小子，你玄門根基深厚，怎麼到了關鍵時刻，反而忘了青囊濟世、屍衣遮天這個玄門經傳了呢？」

「啊？」我不覺一愣，怔怔地看著老者。

「哈哈哈，小子，好自為之，再見啦。」老者仰天一陣大笑，背負雙手，轉身飄然而去。

薛寶琴自然是緊跟老者出去送行。不多時，薛寶琴滿臉疑惑地走回來，看著還在發愣的我，問道：「怎麼了？師父和你說什麼了？」

我這才驚醒過來，一把抓住薛寶琴的手，問道：「你師父叫什麼名字？他是哪裡人？是什麼門派？」

「這個，其實我對他也不是很瞭解，我是無意中遇到他的。他老人家連道號都沒有告訴我，自稱是雲遊道人，神龍見首不見尾的，一年都見不到他兩次。總之是說來就來，說走就走，我覺得他挺神的。剛才他到底和你說什麼了？把你嚇成了這個樣子。」薛寶琴滿眼關切地問道。

「沒什麼，沒什麼。」我鬆開薛寶琴的手，突然一握拳頭，猛地打到床板上，猛然跳了起來，仰頭大叫道：「天不絕我，哈哈哈！」

「喂，你怎麼了？」薛寶琴滿臉驚愕地看著我。

「呵呵，你別問了，說了你也不清楚的。我麻煩你個事情。」我重新坐下來，很激動地抓住她的手說：「你幫我去找——哎呀，糟糕！」我不覺又是一臉苦澀，一巴掌拍到自己的額頭上，無奈地嘆氣道：「我怎麼忘記這個了。」

「喂，你到底怎麼了？」薛寶琴不覺滿心擔憂地問。

「哎，算了，這麼和你說吧。」我重新坐回床上，捏了捏眉頭，整理了一下思路，這才說道：「剛才，你師父提醒了我一件極為重要的事情，青囊濟世，屍衣遮天。」我沉聲道。

「這是什麼意思？」薛寶琴不解地問道。

「青囊就是《青囊經》，是神醫華佗的著作，學成了這本醫書，就可以擁有強大的醫術，可以濟世救人。屍衣就是《屍衣經》，是明太祖朱元璋的開國功臣、一代風水奇人劉伯溫的著作，學成了屍衣經，可以成為風水大師。不過，這兩本書都失傳了。沒有人見過這兩本書的全版，都是斷篇或者後人湊出來的內容，根本沒有什麼用處。」

「那你還說這個做什麼？還這麼興奮的樣子，這不等於白說嗎？」薛寶琴有些失望。

「我之所以興奮，是因為，雖然《屍衣經》失傳了，但是，有一個東西卻沒有失傳。」我興奮地說。

「什麼東西？」薛寶琴睜大眼睛，滿心好奇地問。

「屍衣以及屍衣遮天，這都是《屍衣經》上明確記載的內容，而且是精華所在，我也是聽過的，卻一直沒有想起來。可惜，明天就要渡劫了，這麼短的時間裏，除非有成品，否則恐怕沒有人能夠造出一件屍衣來。」我握緊了拳頭，滿心悔恨。

「屍衣是什麼？有那麼難造嗎？你告訴我怎麼做，我去幫你做。」薛寶琴堅定地說。

「屍衣不難做。」我微笑道，「難找的是材料。屍衣的材料，最好的，就是殭屍身上長出來的絨毛。那種絨毛是真正的屍衣。」

「是不是就是常說的那個什麼白毛殭屍、黑毛殭屍身上的絨毛？」薛寶琴好奇地問道。

「差不多吧。」我嘆了口氣，「這個當口，到哪裡去找這些東西？所以，現在已經晚了。」

「這個，我來想想辦法。北城外圍有很多古墓，那裏面肯定有殭屍，我連夜讓人去挖，肯定能挖出來。」薛寶琴起身就往外走。

「不。」我一伸手把她的手腕握住，拉了回來。

「怎麼了？」薛寶琴問道。

「沒什麼，謝謝你。」我很認真地說。

「都什麼時候了，別說這些了，等事成了再說吧。」薛寶琴推開我的手。

「等一下。」這一次，我一欠身，攔腰將她摟了回來。

「你怎麼了？」薛寶琴不覺滿臉驚愕地看著我問道。

「我只是覺得，這樣太麻煩你了，我不希望你為我付出這麼多。」我不覺眼角有些濕潤，慢慢地說道：「你已經為我做得夠多了，不要再為了我為難了。北城外圍那些古墓都是重點保護文物，誰敢亂碰。我不希望你因為我，把你的一切都賠進去，這不值得，我也不配，於心難安。所以，你就不要去了，好不好？」

我說完話，發現薛寶琴已經淚水漣漣。

「好了，我知道了，你放心吧，我不會亂來的。」薛寶琴抬手擦擦眼淚，點了點頭，卻又擔憂地抓著我的手，問道：「但是，那樣的話，你怎麼辦？」

「呵呵，我剛才的話還沒有說完呢，我只是說，做屍衣的材料最好是殭屍的絨毛，我又沒說沒有別的替代材料，你急什麼？」我對薛寶琴眨了眨眼睛。

「什麼？原來有別的辦法，你這個混蛋，怎麼不早說，害得我擔心了半天，混蛋！」薛寶琴不覺破涕為笑，卻又眉毛豎起，滿臉羞惱地一陣小粉拳向我打來。

「哈哈，好啦，我沒來得及說，怪我，怪我。」我抓住薛寶琴的小手，將她拉坐到身邊，定定地看著她說：「不管怎麼說，這次真的要謝謝你。」

「好了，快別說這些廢話了，你說說替代東西吧，還有屍衣怎麼做，我馬上去弄。」薛寶琴抽出小手，理了理長髮，滿臉認真地說道。

「替代的東西有很多種，第一就是殭屍的頭髮，但是效力會降低很多。屍衣最大的作用就是遮蔽天眼，可以說，有了屍衣，就真的可以逃避恢恢天網了。所以，用屍衣來對付雷劫是再好不過了。如果你們按照我的計畫行動，又能有屍衣遮天，那麼這次的雷劫至少也有一半以上的希望躲過了。不過，現在我們連殭屍的頭髮都找不到，只能用更次一級的材料了，就是死屍的頭髮，但是效果有多少，就真的沒法預料了。畢竟死屍沒有多少陰力，遮天的效果大打折扣。」

「不行，我還是要想辦法幫你找到殭屍，你讓我想一想，肯定可以找到的，北城這麼大，不可能沒有的。」薛寶琴皺眉沉思起來。

「不用想了，我有辦法。」一個聲音從門口傳來，我這才發現玉嬌蓮正站在門口看著我們。

「你什麼時候來的？」我不覺鬆開了薛寶琴的手，有些尷尬地問道。

玉嬌蓮走過來，對我和薛寶琴說：「殭屍的絨毛可能找不到，但是，殭屍的頭髮我正好有。」

「你有？」薛寶琴不覺好奇地向她看過去。

我不覺恍然大悟，一拍大腿道：「對啊，小丫頭的頭髮不是很長嗎？不過，小丫頭不是已經火化了嗎？」

「屍體火化了，頭髮我留下了。我本來想留作紀念，沒想到正好派上用場。看來，這是天意，是你命不該絕，你自己積下的善德救了你。」玉嬌蓮微微嘆了一口氣，「你們等著，我現在就回去拿。」

「你們一起去吧。」我連忙說道，「玉嬌，你去取頭髮，寶琴，你去找幾個手巧的織女，等頭髮取回來了，就讓她們連夜趕製一件披風出來。衣服不需要精細的做工，主要是面積夠大，能把我的身體遮住就行。辛苦你們了，我也累了，正好休息一下。」

見到她們都出去了，我這才鬆了一口氣，在床上躺下來，回憶著剛才的狀況，覺得自己真的是有點暈頭了。

這種感覺有點熟悉。反應遲鈍，思維迷糊，我以前似乎遇到過，我得好好想想。對了，是去夜郎墓的路上，在遭遇滅頂之災的天譴之前，我也出現過這種狀況。

那麼，這兩件事之間，是不是有什麼聯繫？薛寶琴肯定有什麼事情瞞著我。她這麼為我奔波忙碌，背後一定有原因，我要小心才是。這件事情結束之後，我一定要儘快離開這裏，北城的形勢太複雜了。

我安安穩穩地睡了一夜，第二天一早，沒有人叫我，我自然醒來。我起身拔掉身上插著的管子，穿衣起身走出房間。

我這才發現，我所在的地方，似乎是一處秘密的地下軍事基地，走道裏有衛兵在站崗。

見到我出來，那衛兵慌忙迎了上來，同時用對講機向外通報。這樣一來，我出了房間還沒過五分鐘，薛寶琴已經領著陳邪、鬼手、玉嬌蓮等人，風風火火地趕過來了。

陳邪手裏捧了全套的新衣服，還有放著我的裝備的盒子，包括陰陽師門的鎮派之寶陰陽雙尺。我真是有點敬佩陳邪和鬼手的淡定，他們居然能夠面對這兩樣寶貝無動於衷，沒有動歪心思。這一點，讓我對他們的信任更多了一分。

拿著新衣服回到房間裏換上，又收好了裝備，我才跟著他們一起來到了外面。這裏果然是地處市郊山林的秘密軍事基地。

地面上的建築很簡單，只有一圈營房，中間一個籃球場大般的院子。營房裏的食堂已經做好早飯了。我們幾個人先開飯，我吃得很飽。

「渡劫法台我讓人連夜修建了，就在後面山頭上。很隱蔽，很少有人經過。到時候，我讓人在山林四周守衛，相信不會出問題。」薛寶琴簡單地彙報了情況，接著拎過一個黑色手提箱，小心地從裏面提出一件黑色披風，對我說道：「這個，你看還行嗎？」

我湊前一步，細看那件披風，發現披風非常單薄，幾乎像網兜一樣。但是，披風整體還是很結實的。那些織女果然不簡單，雖然給她們的材料很少，她們還是做得很好。

我伸手細細觸摸著披風，不覺心裏有些傷感，扭頭向玉嬌蓮看去。玉嬌蓮也正在怔怔地看著披風，很顯然，這是丁嬌蓮給她留下的唯一物品，她很捨不得它。

「你放心吧，我會小心使用的，事情結束之後，還歸你保存。這件屍衣雖說單薄，也算是一件難得的寶器了。你好好留著，日後說不定還有用處。」我伸手握握玉嬌蓮的手說道。

我讓薛寶琴把屍衣收起來，對大夥兒說道：「這段時間辛苦大家了。我在這裏先謝過了。」

我對眾人拱了拱手，卻發現他們壓根兒就不理會我，而是笑吟吟地看著我。

「怎麼？」我有些疑惑地問道。

「我們是您的手下，您謝我們做什麼？你受了那麼重的傷，我們自責還來不及，哪裡還敢領您的謝啊。」陳邪說道，「代掌門，我們就先忙去了。周邊的眼線和保衛工作交給我們，這次如果再出事，我直接把頭割給您。」

陳邪笑哈哈地拉著鬼手出去了。

我看向薛寶琴和玉嬌蓮。玉嬌蓮眼神一暗，連忙擺手道：「都是因為我，你才出的事情，你謝我做什麼，你還是謝謝薛姐姐吧。我剛接手人部的工作，還有很多事情要安排，我先走了。」玉嬌蓮拿起電話，走出去了。

我和薛寶琴對望了一下，反而把手放了下來，不謝了。

薛寶琴有些疑惑地眨眼看我道：「怎麼，真不把我當外人了？」

「呵呵。」我微微笑道：「你挺厲害的。」

「什麼？」薛寶琴更疑惑了。

「你的眼睛有第三種功能，你一直都沒有告訴我。幸好我警惕性高，不然的話，我真的要被你一直騙下去了。」我冷冷地說道。

「你什麼意思？」薛寶琴不覺也冷下眼神，看著我問道。

我沒有回答，只是雙手抱胸，笑吟吟地看著她。相同的感覺再次出現在我的身上，微微有些迷糊，意志有點不堅定，如果不是我早有防備，根本就不可能察覺到這麼微小的變化。

現在，我已經基本確定我之前的推測了。我本該早就猜到是她，但是我卻一直都沒敢往這方面想。因為，我一直覺得薛寶琴背景了得，高高在上，她不可能出現在江湖是非之地，又喬裝隨同一群人前往危險重重的深山老林，去親歷詭異離奇的未知之旅。

但是，事實讓我不得不承認這一點。

就是她，沒錯。只有她才擁有這種能力，可以對我的心志產生影響。只有她才瞭解並且信任我的實力，可以操控二子去說服我。只有她才會擁有通天的本事，可以輕鬆地為我們的行動提供那麼多便利。只有她才能夠以半官方的名義，對夜郎墓進行開發和探測，甚至在我們把夜郎墓毀掉之後，也能確保沒有人會有異議。

這些事情，除了那個大掌櫃，沒有人可以做到。大掌櫃，就是薛寶琴！

我現在總算明白了，明白她為什麼這段時間對我大獻殷勤。說到底，她是心虛，她覺得虧欠我的，所以才千方百計進行補償。

原本，如果她不這麼做，我可能這輩子都不會懷疑她。但是，她這麼做了，反而引起了我的懷疑。薛寶琴和我是什麼關係？犯得著對我那麼殷勤嗎？在此之前，我們見面的次數掰著手指頭都能數出來，而且我對她還是不冷不熱的，她絕對不可能因此對我產生偏執的喜愛。

她知道我上次遭遇天譴的時候，曾經因為被人控制意識，遲遲沒有察覺天譴的到來，因而心存憤恨，所以她心虛了。因為，她就是那個對我的意志力施加影響的人。我想，她當時那麼做，應該是為了更好地控制我。我的記性很好，同樣的招數，第二次遭遇，我不可能認不出來。

原來，薛寶琴的瞳力有兩種釋放方式，一種是瞬間的、快速的，迷惑人的意志和心神；另外一種，則是慢性的、潛移默化的，對別人的心志進行侵蝕和控制。相比第一種直接攻擊的方式，第二種方式其實更加危險，更具殺傷力，中招之後，還滿心自負地以為自己很清醒。好個薛寶琴，果然有幾把刷子！

「你到底發現了什麼？」薛寶琴再次問道，滿臉無辜的神情。

「哦，我很疑惑，你這種慢性侵蝕對方的能力，你自己到底知不知道？」我皺眉問道。

「什麼能力？你到底想說什麼？」薛寶琴捏捏手，有些驚慌地咬著嘴唇：「沒什麼事情的話，我也去忙了。你再休息一會兒吧。」

「我不用休息。」我打斷她的話，繼續說道：「我想告訴你一個事情。上個月我曾經去過大西南一次，當時，我們的隊伍裏，有一個女扮男裝的人妖。後來她露餡了，大家也都知道了。不過這個女人很奇怪，她到最後都沒敢以真面目示人。我們都叫她大掌櫃，那個事情就是她一手牽頭做起來的。我們第一次會面的地方，叫青衣祠，你應該知道吧？」

「啊？我不知道，那是什麼地方？」薛寶琴眼神躲閃地說。

「呵呵，不知道沒關係，我要告訴你的是，那個大掌櫃非常神秘，而且，我現在發現她擁有一種非常特殊的能力。她的能力和你的瞳力差不多，可以控制別人的心神。但是，她的速度比你慢，你可以瞬間控制別人的心神，她卻是通過長期接觸，一點點侵蝕別人的心志。從這方面講，你的能力比她強，但是，她的能力比你的能力更加危險，更加讓人難以察覺。」我似笑非笑地看著薛寶琴，問道：「你認識咱們這位大掌櫃嗎？」

「我不認識，你和我說這個是什麼意思？」薛寶琴有些生氣地冷下臉來。

「好吧，其實我想告訴你的是，那位大掌櫃給我的感覺還不錯，她對我也挺好的，我心裏挺記掛她。只可惜，分手之後，我們就再沒有聯繫過，我一直想再見她一次。我很想看看她的真面目，想看看她過得怎樣了。哎，這個神秘又讓人牽掛的女人，嘖嘖。」我搓著手指，滿臉遺憾。

「你真的很想見她嗎？」薛寶琴有些焦急地問道。

「嗯，是啊，怎麼了？」我看著她問道。

「沒什麼，我去忙了。」薛寶琴慌張地丟下手裏的東西，轉身往外走。

我看著薛寶琴慌張離開的背影，微微一笑，突然出聲道：「婁先生！」

「啊？」薛寶琴不覺全身一震，接著轉身蹙眉看著我說：「都和你說了，我不是那個什麼大掌櫃，你這麼做，有意思嗎？」

「嘖嘖，你看你，我在叫婁先生，又不是叫你，你這麼慌做什麼？再說，是誰告訴你，那個大掌櫃化名叫婁先生的？嗯？」我眯眼笑看著她。

薛寶琴不覺一攥拳頭，滿臉懊悔，嘆了一口氣道：「好吧，算你贏了。說吧，你想怎麼樣？」

「哈哈，你終於承認了？我就說嘛，怎麼可能兩個人正好擁有相同的能力呢。好了，你去忙吧，沒事了。」我大笑一聲，對她揮揮手，不再追究這個事情了。

「咦，奇怪了，你這麼費盡心機套我的話，難道就是為了好玩？沒有別的目的？」薛寶琴疑惑地走近我，看著我問道。

「你以為我有什麼目的？找你報仇？」我微微一笑，「你覺得，就現在這個情況，我還會對你有仇恨嗎？」

「可是，畢竟我騙了你，而且，正如你所說的，操控你的意志，讓你無法察覺滅頂之災，差點害死了你。難道你心裏真的一點都不恨我？」薛寶琴有些尷尬地問道。

「我不恨。一報還一報，我想，這次之所以你要幫我渡劫，應該就是你上次干擾我渡劫的補償吧。呵呵，天道尋常，冥冥之中，萬事萬法，皆有注定。」我淡淡笑道。

「好吧，這可能真的是注定的，所以，我也是甘心情願的。可是，你難道真的不想知道別的事情嗎？你就一點兒都不好奇嗎？」薛寶琴眨眼問道。

「好奇什麼？我現在是鬱悶。」我撣了撣煙灰。

「鬱悶什麼？」薛寶琴追問道。

「鬱悶本來一個挺好、挺神秘的形象，就這麼破滅了。」我含笑道。

「你，你真的就這麼討厭我？」薛寶琴眼角閃著淚花，滿臉委屈地看著我：「說到底，你就是還在生我的氣，你還是放不過那件事情是不是？你這是故意在氣我，對不對？」薛寶琴擦了一把眼淚。

「你既然那麼聰明，為什麼還不明白呢？我希望你能保持清醒，我也會保持清醒。我們是朋友，永遠的好朋友，我們可以同甘共苦，並肩戰鬥。」我嘆了一口氣，拿起紙巾遞到薛寶琴手中：「對不起，讓你傷心了。我道歉。」

薛寶琴拿著紙巾捂著臉，放聲大哭了一通，突然停下哭聲，擦了擦淚水，神色淡定地抬眼看著我說：「我明白了，好了，我去忙了，你多保重。」

現在，我反而有些疑惑了，真沒有想到，她居然可以這麼瞬間就調整好情緒，我幾乎有了一種再次被她耍弄的感覺。

第八十三章

天雷之劫

電光火石之間，我猛然驚醒！
我請神幫助丁嬌蓮轉世托生，因此犯了天雷之劫。
但是，玉嬌蓮也好不到哪裡去，她強行留住丁嬌蓮的陰魂，
她也是親手將丁嬌蓮送走的人。
如果我是主犯的話，那麼她無疑就是幫凶。

午後，天色驟陰，狂風呼嘯，頃刻之間烏雲壓境，大雨瓢潑。後山茂密的松樹林之中，被清出了一塊籃球場大小的空地。空地旁邊，搭建了一座簡易的長棚。

長棚裏，此時只有我、玉嬌蓮和薛寶琴。我們靜靜地站著，臉色都很凝重。

一口大缸倒扣在空地中央，足有半人高，口徑有一米多，足夠裝下我。我側頭看了看她們，有些擔心。現在是初春時節，北城氣溫還在零度徘徊，現在又是狂風呼嘯、大雨磅礡，她們要光著身體，在大缸上撐過一時三刻，也就是兩個半小時。別說是兩個弱女子，就是我這個陽氣充沛的男人，恐怕也堅持得很辛苦。

「天太冷了。」我微笑道，「這樣吧，你們兩個人輪流來，兩個半小時，你們一人一半時間。」

「這樣也好，不過，這樣效力會不會降低？」薛寶琴皺眉問道。

「一樣的，就算找一群女人來也一樣。」我伸手接過薛寶琴手上的手提箱，轉身走進雨中。

「等下我準備好了，你就可以過來了。」我走到大缸旁邊，回頭對玉嬌蓮招了招手。

我仰頭看著天空，任憑大雨澆在身上，讓我一陣陣發寒。在北城，初春連下雨都很罕見，現在卻還打雷，這種氣象，只能是上天注定發生的。

我把那件用丁嬌蓮的頭髮編織而成的屍衣拿出來，披到身上，去搬動大缸。

「轟隆隆———」就在我舉起大缸，準備蹲下身去時，傳來一陣滾滾雷聲。我知道時候到了，連忙用大缸將自己完全罩了起來，用屍衣披風把自己裹得嚴嚴實實。

在我放下大缸的時候，眼角餘光見到一個雪白窈窕的身影，正冒著大雨向我這邊奔來，玉嬌蓮已經脫光了衣服！

「轟隆隆———」又一陣雷聲，聽著似乎更近了。我覺察到大缸微微動了一下，應該是玉嬌蓮坐到上面了。

好了，現在一切都準備好了。來吧，天雷之劫，讓我看看你的威力吧！

「喀嚓！」又一聲震耳的雷聲傳來。接著，我就見到一片刺目的閃光從大缸四邊接地的縫隙亮了進來，又聽到了一聲驚叫。

我不覺心裏一驚，以為出事了，不覺想掀動大缸，出去看看情況。就在這時，大缸頂上覺察到動靜的玉嬌蓮驚呼道：「不要出來，我沒事！你安心躲著，剛才的閃電劈倒了一棵松樹，很近了，你千萬不要出來！」

我雖然擔憂，也只好縮身回來，靜靜等待著下一波天雷到來。

「喀嚓———」一陣陣刺目閃光繼續亮起，我只感覺雷電似乎就在耳邊響起一般，心懸了起來。

我總算見識到天雷的威力了。但是，我擔心的不是自己，而是玉嬌蓮。玉嬌蓮顯然非常懼怕雷電，不過，這也是注定的事情，她是躲不過的。她將丁嬌蓮的屍體養了十年，早就種下了孽根。

這次的天雷劫，薛寶琴是被無辜捲入的人。可是，根據這個女人的本性，我又覺得，她這麼做，不過是為了以後向我提要求而做的前期感情投入。要想我相信她的真心，是很困難了。她太複雜了，對於她，我也不想深究了。我現在只求趕緊渡過天雷劫，然後趕緊離開這個是非之地。

外面電閃雷鳴，風雨交加。我坐在大缸之中，心中默念安魂咒。這不是為了安慰亡魂，而是為了安慰自己，我要鎮定自己的心神。

時間已經過去了半個小時。玉嬌蓮應該已經快凍僵了，我不知道她還能不能堅持住。

這時，我聽到了薛寶琴的聲音：「你先回去，我來！」

「不，我，我，還能堅持。」玉嬌蓮的聲音在顫抖。

「你快去棚子裏，我讓他們生了火，你先去暖和一下，等下我堅持不住了，你再來換我。快去！」薛寶琴的聲音很堅定，而且，她還有控制別人心神的能力，玉嬌蓮不能不從。

大缸一陣晃動。這樣也好，輪流休息，輪流支撐。我不覺鬆了一口氣。外面風雨再大，雷電再猛，已然影響不到我，我盤膝而坐，已經進入了入定狀態。

又過了半個小時，玉嬌蓮回來換班了。她們就這樣每半小時輪換一次。現在是最後半個小時了。大雨更猛了，雷電也更凶了。

我的計畫進行得很順利。玉嬌蓮和薛寶琴聯手演繹的玉女瓊花，成功使得天雷無法直視我。我身上的屍衣也成功起到了遮天的作用，到目前為止，沒有任何一道雷電擊中我。這就是好兆頭！

最後時刻，坐在大缸上面的人是玉嬌蓮。還有最後三分鐘！

我已經準備歡呼勝利了。「喀嚓！」一聲驚天巨響猛然在我耳邊炸起，接著，我只覺一陣冷風落雨披頭而來。我赫然發現，大缸已經被閃電劈開了一個大缺口！

「啊！唔——」我的頭上一聲驚叫。

空地上傳來薛寶琴的驚呼聲：「玉嬌！」一個雪白人影拼命地向這邊跑過來。

「我沒事，不要過來！」只見兩條凍得素白發青的小腿從缸上垂下來，正好擋在我的面前。玉嬌蓮在這最後關頭，仍想用自己的身體為我進行掩護。

但是，這個時候，天雷之劫已然找到了我。這是怎麼回事？

電光火石之間，我猛然驚醒！我請神幫助丁嬌蓮轉世托生，因此犯了天雷之劫。但是，玉嬌蓮也好不到哪裡去，她雖然沒有直接參與請神，但是她強行留住丁嬌蓮的陰魂，她也是親手將丁嬌蓮送走的人。如果我是主犯的話，那麼她無疑就是幫凶。

正因如此，我會遭遇窒息之痛，穿心之苦，天雷之劫，而玉嬌蓮也跟著遭遇了心智煎熬，被人迷魂打暈，頂雨受寒受凍。這最後的閃電，不是衝著我來的，而是針對她的！可是，她現在還不知道，還在咬牙堅持著。

「玉嬌，快下來！」情急之下，我大吼一聲，向大缸的殘體猛劈過去，將大缸的缺口打得更大，迅速鑽了出來，一把抓住了赤身裸體的玉嬌蓮，將她從缸上面拖了下來。

「你，怎麼出來了？」玉嬌蓮臉色青白，渾身冰冷，濕髮貼在臉上，滿眼驚慌地問道。

「笨蛋，閃電已經轉了方向，它現在針對的是你！」我迅速扯下屍衣，向她身上蒙去。

「你幹什麼？」玉嬌蓮向後一撤身。

「快蒙上！媽的，來不及了！」我猛然抬頭，正看到一道刺目的閃電劃破雲層，當頭擊來。我一把將玉嬌蓮抱住，猛按到身下，用身體將她壓住，保護了起來。

「喀嚓！」一聲振聾發聵的巨響，我只覺得天地之間都瀰漫著劈里啪啦炸響著的電火花。

那道閃電劈中了這口大缸，大缸瞬間碎裂成無數塊。碎塊打進我的肉裏，針刺一般痛，就好像一顆炮彈在身邊爆炸一般，我的大腦一片混沌。

我感覺整個世界都在旋轉，到處都是閃閃發亮的光芒，很刺眼。我又覺得腦袋被狠狠地砸了一下，強烈的震盪，緊接著身體內部傳來蝕骨的劇痛。

「噗——」一口鮮血猛噴出來，我低頭看到了自己那兩隻護著玉嬌蓮腦袋的手臂。手臂已經變成了紫黑色，皮肉破裂，裂口之中白骨森森，被雨水一沖，皮肉合著血水緩緩流下。

到底是劫數難逃，我哀嘆一聲，翻身倒在地上，失去了知覺。

黑暗之中，我感覺自己的靈魂出了竅，四處飄蕩。我又看到了那雙紫色的眼眸，那精靈一般纖細的身影。

「他到底怎麼樣了？」一個熟悉的聲音在耳邊響起。

我緩緩地睜開眼睛，發現站在我床邊的人，居然是林士學。

「醒了，醒了！」薛寶琴跳了起來，一邊擦著眼淚，一邊看著我問道：「你感覺怎麼樣了？」

「不怎麼樣，玉嬌呢？」我無力地張張乾裂的嘴唇問道。

「她在另外一個病房。」薛寶琴鎮定了一下心情，重新坐回椅子裏，說道：「她的傷勢不重，多虧你把她護住了。不過，她受了風寒，一直在發燒說胡話，叫你的名字。我想，她是嚇壞了，你當時被雷擊之後，模樣非常恐怖。」

「她沒事就好。」我這才鬆了一口氣，扭頭看了看林士學，乾笑道：「你怎麼來了？」

「噢，我來看看寶琴，聽說你出事了，就過來看看。這是怎麼回事？你怎麼會傷得這麼嚴重？」林士學有些疑惑地坐下來，臉色凝重地問道。

「這是劫數，好在已經過去了。你來得正好，我也準備回南城去。可以的話，你多留幾天，我到時和你一起走。」

「那敢情好，我也有這個打算。那我和寶琴先出去了，你好好休息吧。」林士學站起身，握握我的手，接著和薛寶琴一起出了病房。

我這一次受傷，好在內傷不是很重，養了一段時間也就好了。養傷的這段時間，玉嬌蓮一直陪著我。她已經接手了陰陽師門人部的工作，每天除了陪我說話吃飯，都在不停地接打電話。我看著她忙碌的身影，覺得她這個樣子最自信美麗，我為有這麼一個得力的助手而開心。

我傷好下床之後，玉嬌蓮帶我去了一個地方。

那是一個高檔社區裏的人家，夫妻倆年紀不大，女人剛生完孩子，還在坐月子。孩子是個很可愛的男孩，玉嬌蓮對他疼愛有加，每次去都要買一大堆東西。

我抱著那孩子玩了一會兒，孩子要換尿布了，玉嬌蓮接過去，很熟練地換了起來。我站在旁邊看著，剛好看到孩子的屁股上有一顆朱砂痣，終於明白當時為什麼玉嬌蓮不告訴我丁嬌蓮身上的朱砂痣在哪裡了。

「原來在這裏啊，哈哈。」我不禁笑道。

玉嬌蓮含笑點了點頭，把孩子依依不捨地還給他父母。

出門之後，玉嬌蓮坐在車上，有些興奮又有些傷感地望著那戶人家的窗戶，悠悠地問道：「你說，他還會記得我嗎？」

「這個要看情況了，至少現在是記不起來的，以後說不定能記起來。」我皺眉想了一下，「轉世的人能記起前世的事情，這需要契機。對了，那件屍衣怎麼樣了？」

「被閃電燒得差不多了，只剩下幾縷，我收起來了。」玉嬌蓮說道。

「收好了，等他長大了，說不定有用處。」

我讓玉嬌蓮載我去薛寶琴家，就和她道別了。院子裏，薛寶琴和林士學正陪著老人家吃午飯。聽說我來了，父女倆都很開心，連忙拉我入席。我們推杯換盞，盡興方散。

我和林士學回到了他下榻的酒店，登上了飛往南城的飛機。林士學直接去他的辦公室，我則回到紫金別墅。

我走之後，玄陰子的那些徒弟就把他嚴加看管起來。幸好後來鬼手派的人到了，將玄陰子救了出來，也將金環留下的人都控制住了。後來，我在北城將門派的事情平息後，金環的手下都選擇了歸順，全部返回了北城。現在陪在玄陰子身邊的，都是鬼手和陳邪的人，他們都住在紫金別墅裏，歸二子管著。

二子說，玄陰子的記憶好像又恢復了不少，這讓我心裏多少有些激動，直接進了玄陰子的房間。

「哈哈哈，終於回來啦，你小子，怎麼樣，爽不爽？」玄陰子見到我，手舞足蹈地問道。經過一段時間的休養，他的腿腳已經完全恢復了。

「爽得很。」我笑道：「怎麼樣，你過得如何？有沒有再想起點什麼？我臨走時和你說的事情，你都記起來了沒有？這一次，你總該給我一個交代了吧？」

玄陰子微微一笑道：「是想起來一些事情了。不過嘛，我覺得就算我說了，你都不會相信。」

「什麼意思？」我皺眉問道。

「呵呵，先不說這個，我先給你看一個東西。」玄陰子從抽屜裏拽出一本筆記本，遞到我面前道：「翻開看看。」

我有些好奇地接過來，發現上面記錄著一些零碎的片段，相互之間基本沒有什麼聯繫。

「這是什麼？這不會是你想起來的東西吧？」我問道。

「差不多吧。」玄陰子把筆記本翻到最開始的幾頁，「你不是想知道當年到底發生了什麼事嗎？針對這個事情，我進行了重點回憶。我先把能夠想起來的片段寫下來，然後反覆看，反覆回憶，嘿嘿，我還真的因此聯想起很多事情，連我先前記錯的一些事情都進行了糾正。」

「哦，那當年到底發生了什麼？我是從哪裡來的？我姥爺的事情又是怎麼回事？」我滿臉期待地問道。

玄陰子微微皺起眉頭，定定地看著我，有些傷感地說：「根據我的回憶，你當初說的話，好像確實沒錯，我真的不是一個好人。」

我不覺冷笑一聲道：「現在說這些都沒有什麼用了，是不是好人也無所謂了。你就說當年的事情吧。」

玄陰子有些怪異地看了看我，疑惑地問道：「你真的不恨我，不想找我報仇了？」

「你也沒幾天可活了，我報仇有什麼意思？我現在只想知道事情的真相。你和我說清楚就行了。」我無奈地說道。

「那咱們可說好了，你知道真相之後，不許再為難我。我也一把年紀了，當年的事情，現在想來，我也覺得做得過分了，我對不起師兄。不過，師兄心胸很寬大，他離開師門之後，就再也沒回來找我算賬。而且，和你接觸之後，我發現他也沒有把這份仇恨灌輸給你，沒有讓你立志為他報仇。這一點真的讓我非常慚愧。和師兄比起來，我是太陰暗了。」玄陰子有些悵惘地說，「這段時間，我都想清楚了，我和師兄都已經老了，而且都因為當年的事染上了這種怪病，時日不多了。我們的時代已經過去了，現在，師門就要靠你們年輕一輩了。所以，我打算和你說清楚這個事情之後，就去陪著師兄。我要向他懺悔，希望他能夠原諒我。」

「哼，如果他能夠聽到的話，說不定會原諒你，可惜的是，恐怕你已經沒有機會獲得他的原諒了，你的內疚只能一直帶進墳墓裏了。天道尋常，自己種下孽根，就會生出孽果，誰也怨不著。」我冷笑一聲。

「唉，好吧，我也不強求了。」玄陰子長嘆一口氣，「我就從我和師兄在師門修煉的時候說起吧。我們陰陽師門是一個大門派，自東晉以來，有很多帝王陵墓都是由我派先祖幫助選址建造的。後來門派衰落了，隱藏到民間。到了明朝，陰魂尺失傳，師門的陰支弟子就減少了，在師門內部，陰支弟子根本就沒法和陽支弟子相比。」

「門派的四大鎮派之寶，只剩下了陽魂尺。這樣一來，每一任掌門都是陽支弟子，陰支弟子就算修煉得再刻苦，能力再強，也無法成為掌門。」玄陰子有些感嘆，「我和師兄幾乎是同時進入師門修煉的。師兄天縱奇才，修煉也極為刻苦，成就很高，成為掌門是必然的。但是，我能夠成為陰支的首領，也不是浪得虛名的。我的天賦趕不上師兄，但是我付出的努力絕對不比他少。而且，我發過誓，我一定要當上掌門，讓陰支弟子重新抬頭做人！我們要得到應有的重視和尊重。」

「後來，還是我姥爺當了掌門，所以你就下手害了他，對不對？」我皺眉冷眼道。

玄陰子無奈地笑道：「平生所願，無法達成，當時我的心情，你根本無法想像。我那時根本就是充滿仇恨，我無法接受這個事實。」

「你到底幹了什麼?!」我冷冷地問道。

「哼，你說，如果是你的話，你會做什麼?」玄陰子冷聲問道。

「我想像不到，我對於權勢和名利並不熱衷。」我冷笑道。

「你錯了，那不是權勢，也不是名利，那是一種自我價值的證明。」玄陰子繼續說道，「師兄和我情同手足，對我相當關照。為了降低他的防備心理，我也一直曲意逢迎，討他開心，成為了他最信任的人。只要他不在師門，師門的一切就是我說了算。我就利用這個機會，大力培養我的勢力。直到有一天，我覺得，就算我公然將師兄殺死，也不會有人能夠撼動我的地位了，我才開始下手。」

「你果然陰狠。」我不禁攥緊了拳頭，咬牙說道。

「無毒不丈夫。這是他們逼我的，我也是受害者，這不能全怪我。」玄陰子冷笑一聲，「有一天，機會來了。師門總部位於河南風門村附近的深山之中。山林之中，有一個很大、深不見底的地洞，當地人稱為無底天坑。有一段時間，地洞附近鬧鬼，有很多人說，在那裏看到了日本軍人。大半夜的，獵戶家裏會突然出現一群日本軍人，把他們養的牲畜全部搶走，糧食也搬空。聽到這些事情，我們覺得很蹊蹺，於是就一起前往那裏一探究竟。」玄陰子瞇眼說道。

「結果我們發現，這些日本人不是幾十年前的軍人，而是他們的後代。當年，日本人在無底天坑裏修建了很大的工事，儲備了大量的糧草彈藥，還建造了極為齊全的配套設施。天坑裏有水，有取之不盡的地熱。他們當初的設想就是，即使戰敗了，他們也可以在裏面躲藏幾十年，等到有人來救他們回去。」玄陰子冷冷笑道，「為了不被外面的人發現，他們用厚重的水泥牆把入口封住，裏面的世界和外界完全隔絕開來。裏面的那些人要想出來，除非炸開水泥牆。而外面的人想要進去，也必須炸開水泥牆，那裏面的人就能夠察覺到了，也就能馬上做好迎戰準備。他們的武器相當齊全，槍炮坦克一樣不少。」

「他們在裏面待了這麼多年，沒有憋死？空氣不流通，也沒有陽光，他們是怎麼活下來的？」我滿心好奇地問道。

「他們生活的空間和外界並不是完全隔絕的，有通氣孔。他們的確很少照到太陽，不過，裏面有日光燈。他們都有嚴重的白化症狀，皮膚素白，看著就像鬼怪一樣。」玄陰子沉吟道，「他們在裏面躲了幾十年，可想而知，山洞裏貯存的糧食早就被他們吃光了。他們試圖在裏面種植農作物，但是因為沒有光照，沒能成功，蔬菜倒是種了很多。所以，那些人除了沒有肉食之外，其他東西和外面差不多。」

「他們糧食吃完了，所以就開始出來搶劫了，是嗎？」我皺眉問道。

「大概就是這樣。當初留下來的人年紀大了，知道再這麼堅持下去是不行了，他們就開始挖掘那堵水泥牆，在牆上掏出了一個大洞，開始出來搶吃的。他們在山洞裏待得太久了，完全不知道現在社會的局勢。他們的死期就到了。」

「他們都死了嗎？」我問道。

「沒剩下多少了，總共也不過一兩百人，男女老少都有。師兄帶著師門數十高手，秘密潛進了山洞，將他們一網打盡。呵呵，他們在地下躲了幾十年，還是難逃一死。」玄陰子瞇眼冷笑起來。

「他們在山洞裏囤積的物資和金銀，是一筆巨大財富，這對於當時青黃不接的師門來說，是一個不可多得的契機。所以，我和師兄決定滅掉那些人，就將那些物資和金銀占為己有。」玄陰子冷笑了一下，「他們有槍有炮，自然不會束手等死。那一戰很慘烈，師門陽支的高手，十去其九。但是，我們最終還是勝利了，將他們全部消滅掉了。」

「那我呢？」我緊張地望向玄陰子，身上出了一層冷汗。我心裏有一種不好的預感，接下來，玄陰子很有可能會告訴我一個我絕對無法接受的事實。

我，這個唯一在那場戰役中倖存下來的嬰兒，很有可能不是中國人，而是一個日本人的後代！

我的手指緊緊抓著大腿，汗水讓手心變得濕滑。我的腿禁不住地發抖，我低下頭不去看玄陰子，等著他對我的宣判，宣判我的真實身分。

「那次戰役，並不是所有日本人都被消滅掉了。」玄陰子看著我，悠悠地說。

「我是不是……？」我抬眼直視著他。

「你聽我說，事情不是你想像的那樣。」玄陰子連忙說道。

「說，我到底是不是！」這個時候，我已經快要抓狂了。

「這——」玄陰子遲疑了。

「說啊——」我一把抓住他的衣領，對他怒吼道。

「不是！」

我一愣，有些疑惑地問道：「你不是說我是從那個洞裏帶出來的嗎？如果我不是日本人，那我是什麼人？」

「大同，你聽我慢慢給你解釋。」玄陰子拉著我，讓我放鬆下來。

我退後一步，怔怔地坐下來，靜靜地等待著他的解釋。

「我和師兄歷盡千難萬險，最後來到天坑的最深處，也是那些人的最後據點。」玄陰子深吸了一口氣，「在那裏，我們見到了一個日本女人。」

玄陰子抬眼看了看我。我沒有說話，皺眉看向窗外。

「那個女人是剩下的最後一個人，她的懷裏抱著一個嬰兒。」玄陰子慢慢說道。

我再次攥緊了拳頭，幾乎沒有勇氣再聽下去，心中感到悲涼而絕望。我凜然抬頭看向玄陰子，幾乎有一種將他滅口的衝動。如果這個事情是真的，我絕對不能讓第三個人知道，永遠都不能！

「你聽完我的話，再殺我也不晚。」玄陰子果然老謀深算，我才剛剛有這個想法，他就猜到了我的心思。

「到達那裏時，我們的隊伍也沒有幾個人了。我和師兄發現那個女人之後，自然是想把她也殺掉。」玄陰子有些悵惘地嘆了一口氣，「那個女人其實看起來不超過二十歲，很瘦弱，穿著一身破舊軍裝，很不合身。她當時抱著那個孩子，我們就以為孩子是她的。她對那個孩子很看重，一直緊抱著不放。」

「後來呢？」我呼吸有些困難地問道。

那個女人，應該是我真正的母親吧。但是，我現在聽到她的遭遇，卻沒有傷感和悲憤，我無所適從，這一切就像一場荒唐的夢境。

「後來，那個女人抱著孩子跑到一個深淵邊上的大壩，大壩的下方用寬大的白線畫著，上面用日文寫著『警戒線』。日文和漢字差不多，我們能夠看懂。那個女人懂一點漢語，她跪在地上，哀求我們放過她。」玄陰子看了我一眼。

我的眼裏，此刻不知怎麼的，已經有了淚花。

「你殺了她？」我怔怔地問道。

「沒有，師兄心地寬厚，不忍心下手，覺得這次我們的殺孽太重，再對一個手無寸鐵的弱女子下手，實在是有違天道，就想放過那個女人。」玄陰子皺眉道，「不過，我並不同意他的做法，因為我擔心那個女人把我們流血換來的財富的事洩露出去，讓我們落得一場空。所以，我極力主張就地除掉那個女人。」

「我和師兄因為這個事情爭執的時候，那個女人似乎看出來了，我是非殺她不可的。她覺得自己劫數難逃，就把孩子放下來了，對我們磕了幾個頭，說她會去死，希望我們把孩子養大。她說那個孩子是無辜的，還說那不是日本人的孩子，而是從深淵裏出來的孩子。」

此時，我已經是氣息紊亂，胸口劇烈起伏，眼角流下了兩顆淚珠。

「她跳崖自盡了，是嗎？」我有些哽咽地問道。

「沒有。」玄陰子淡淡一笑。

「你殺了她，對嗎？」我抬眼看著他。

「也沒有。」玄陰子有些狡黠地看著我，「我們把她和那個嬰孩都帶回了師門。」

「那後來呢？」我一驚，抓著他的手臂問道。

「後來，她逃跑了。」玄陰子微微笑道。

「怎麼可能？」我皺眉道。

「當時師兄太過堅持，而且，我冷靜想了一下，覺得這或許是一個不可多得的機會。」玄陰子眼中放出一道陰冷的光芒，「回到師門後，我暗地裏威脅那個女人，讓她想辦法勾引師兄。那個女人知道，如果不按照我說的做，她的下場會很慘，那個孩子也會很慘，所以，她想盡辦法接近師兄。師兄很喜歡那個孩子，對那個女人也很好，卻一直沒有破戒。」

「後來你做了什麼？」我有些惶恐地問道。

「春藥合歡散。我偷偷放在師兄和那個女人的食物裏，然後，他們就順理成章了，哈哈哈……」玄陰子興奮地大笑起來。

「當天晚上，師兄純陽體破，並且因為藥力太猛，元陽大失，我趁機糾集師兄弟闖進他的房間。嘿嘿，師兄是掌門，更是陽支首領，陽支弟子最需要保持的就是童子身。他做了這個事情之後，就沒有資格繼續擔任掌門。陽支弟子一旦失去童子身，功力將會逐漸外洩，最後力量平平。所以第二天，師兄因為無顏面對眾師兄弟，愧對師門，辭去了掌門之位，而我就順理成章地成了新任掌門。我的平生之願終於達成了。那是我最開心最暢快的一天！」

玄陰子說到這裏，眉飛色舞，興奮異常。

「可是，那一天，卻是姥爺一生中最黑暗、最痛苦的一天。你這個混蛋！」我一拳向玄陰子的臉上打過去。

玄陰子一時沒防備，被我一拳打掉了一顆牙齒，口吐鮮血。

「哈哈哈——」玄陰子抹抹嘴角的血，兩眼放光地望著我說：「是啊，但是，你不得不承認，我成功了。誰說陰支弟子不能成為掌門？我就是要讓他們知道，我玄陰子比他玄陽子更強！你看看，這些年在我的領導下，師門達到了什麼成就？他玄陽子有這個本事嗎？我的抉擇是對的！」

「哼，瘋子，利欲薰心！」我冷眼看著玄陰子，大喝道：「夠了！」

「哼哼，哈哈哈——」玄陰子有些抑制不住地大笑一番，「師門的人都把玄陽子失去童子身的事情，歸罪到那個女人身上，準備將她秘密處決掉。」

「是你把她放走了，是不是？」我皺眉問道。

「當然不是。你以為我會那麼好心嗎？我只想趕緊滅口，所以，我親自帶著人去抓那個女人。」玄陰子喘了一口氣，「是師兄把她救走了。」

「嗯？」我不覺一愣，問道：「再後來呢？」

「那不就簡單了嗎？我振臂一呼。」玄陰子抬起手臂晃了晃，「玄陽子沉迷女色，辱我師門，要對他追殺，將他和那個女人還有那個孩子都殺掉。這樣一來，我就可以徹底坐穩掌門的位子了。」

「你果然夠狠。」我的拳頭捏得咯咯響，冷眼看著玄陰子。

「不過，還是讓他們跑掉了。師兄先把那個女人藏起來，自己抱著孩子逃跑，引開了我們。中途我們和他數次交手，但是，他畢竟有陽魂尺在手，盡剋我們陰支弟子，所以，最後還是讓他逃脫了。從此，他們三個人就再沒有出現過。」

當年的事情，總算講明白了。可是，我為什麼卻倍感窒息和壓抑？我的身世依舊成謎。

我無力地癱坐在沙發裏，怔怔地看著窗外發呆。我已經沒有心情去殺戮，也沒有力氣去爭鬥，我只想弄明白，我到底是什麼。是人，是鬼，是冤魂，還是孽根？

「你覺得，我到底是什麼？」良久，我才收回視線，看向玄陰子。

「這個嘛，我覺得，你不是一個普通人。」玄陰子瞇眼看著我，「你不要以為我是為了安慰你，才說這些話的。當年，我曾經背著師兄，對那個日本女人進行了殘酷的拷問，她始終不承認那個孩子是他們日本人的，一口咬定那個孩子是從無底深淵裏出來的。」玄陰子皺眉道，「我想，這個事情恐怕至少有三分真實。」

「你覺得可能嗎？一個嬰孩怎麼可能從無底深淵裏爬出來？這個你也相信，你莫非真的是糊塗了？」我冷冷一笑，很失望。

「當然不是自己爬出來的。」

「不然還能怎麼樣？飛出來的？」我有些好笑地問道。

「嘿，你說對了，就是飛出來的。」玄陰子笑道。

「哼，你還不如說我是外星人呢？我有多大的能力，我自己會不清楚？你想活命，也不需要這麼亂扯一通。你覺得我會相信嗎？」我一拍桌子，瞪眼看著玄陰子。

「你不相信也不行。當時，我們在那個深淵邊上，見到了一架墜毀的雙排翼滑翔機，機頭衝著外面，機尾朝向深淵。看那墜毀的樣子，確實像是從無底深淵裏飛出來的。只是，那架飛機很老舊，而且極為粗糙。」

玄陰子點了一根菸，瞇眼吹著煙氣，繼續說道：

「那個女人說，你就是坐著那架飛機從深淵裏飛出來的，開飛機的是一個女人。飛機墜毀的時候，她跌死了。然後，那些日本人就把你救下來了。」

第八十四章

龍涎山髓

「龍涎山髓乃是龍脈精華，功效就是柔骨化體，
只有養屍和御靈的人才會需要。」我微微一笑，
「根據我的推測，你應該不是在養屍，
我沒聽說過養屍的人會終日喝酒買醉的，
所以嘛，你應該是屬於後者，對不對？」

「天方夜譚，你以為這是科幻小說？」我瞪著玄陰子問道。

「你不信拉倒，反正，我知道的就是這些。你就算殺了我，我也就是這些話。我不會再說謊了，也沒必要騙你。」玄陰子問道，「怎麼樣，你現在知道真相了，打算怎麼辦？是不是想把我宰了，給你姥爺報仇？」

我冷哼一聲，抬眼看著他說：「我本該親手把你送進地獄，但是，現在我不需要這麼做了。」我湊到玄陰子面前，冷冷地看著他：「因為，你已經在那裏了。我不殺你，你只會在痛苦和悔恨的煎熬中度過餘生。比起給你個痛快，我更願意看你受到折磨！」

「你，你——」玄陰子怔怔地看著我，無法反駁。

「說吧，崩血症，到底是怎麼回事！」我冷聲問道。

「這個事情，其實和你的身世也有關係，算是你的離奇身世的一個佐證。」玄陰子鎮定了一下心神，「問題還是出在那個深淵裏。」

「什麼問題？」我皺眉問道。

「警戒線。」玄陰子有些出神地說，「凡是越過警戒線的人，都會患上崩血之症，沒有任何人能夠逃脫，除了你。」玄陰子抬眼看我。

「什麼意思？我也越過了警戒線？」我皺眉問道。

「當然，我和師兄，還有那個女人，都越過了警戒線。你是被那個女人抱在懷裏的，自然也越過了。我們後來都得了崩血症，唯獨你沒有，所以，我覺得你不是這個世界的人。」玄陰子齜牙笑道。

「哼，我還年輕，你怎麼知道以後我就不會犯病？」我冷眼問道。

「七年。」玄陰子豎起指頭說，「越過警戒線，或者被那個深淵的異常氣場輻射之後，最長不會超過七年，必然患病。修為高一點的人，懂得緊守元氣，可以撐得久一點，普通人不過兩三年時間，就只剩一張人皮了。」

「對了。」我想起在盧教授那裏看到的同樣患有崩血症的屍體，「當年既然只有你們越過了警戒線，為什麼後來有那麼多人都患上了這種怪病？」

「輻射範圍擴大了。輻射的影響範圍是不固定的，經常發生一些異動，有時擴大，有時縮小。有一段時間，輻射的範圍波及天坑附近的居民，所以就出現了集體患病的情況。我之所以將師門轉移，也是因為這個原因。再在那個地方待下去，我們隨時都會受到輻射的威脅，為了保險起見，我就率領師門的人離開了那裏。我們從天坑裏得到了很多財寶，成了我們的本錢。我們進了城，開始經營產業，將師門的事業做大。」玄陰子有些得意地點點頭，「這些年，師門無論是規模還是資產，比以前不知道擴大了多少倍。所以，我做這個掌門，是很稱職的。」

「哼！」我冷笑一聲，滿心不屑。

「小子，不要笑話我。現在我已經把師門交到你手裏了。你可以得意，但是，你不要忘了，是我給你打下的根基！」玄陰子挑著眉毛，冷眼看著我訓斥道。

「我只是拿回本該屬於我姥爺的東西。」我冷笑道。

「好吧。」玄陰子無奈地嘆了一口氣，「不說這些了。反正我也老了，看淡了。這些東西，生不帶來，死不帶去，沒有什麼意義。我當年是為了爭一口氣，不然我死都不會瞑目。現在我榮耀過，痛快過，這一輩子夠本了。隨你怎麼恨我、鄙視我，都無所謂。」

「少廢話，繼續說那個輻射，到底是怎麼回事？」

「輻射肯定是從深淵裏發出來的。更多的情況，我就不知道了。我相信，正因為你本來就屬於那個深淵，所以你才不會患上崩血症。那個深淵裏到底有什麼秘密，也只有你能夠解開。只有將這個謎團解開，才能弄明白你的身世，除此之外，別無辦法。」玄陰子微微一笑，「從這方面講，我真佩服師兄當年的先見之明。如果不是他執意把你留下來，這個問題就永遠沒有人能夠解決了。」

「你怎麼知道我一定能夠解決這個問題？」我冷冷地問道。

「就因為你不怕輻射，去那裏也沒有性命之憂。」玄陰子舒暢地躺了下來，臉上儘是欣慰的神情，似乎平生所願得以達成，終於可以安心了一般。

和玄陰子談完話從紫金別墅出來的時候，恍惚間，我居然感覺恍如隔世。似乎短短的兩個小時裏，我已經完全變成了另外一個人。

二子不知道什麼時候回來的，他一見到我就滿心歡喜，過來給我一個大擁抱，才笑問道：「聽說你在北城那邊搞得風生水起啊，怎麼樣，有什麼大收穫？」

我看向他，有一種說不出的陌生和苦澀。

「怎麼了？這麼愁眉苦臉的樣子？」二子疑惑地看著我。

「沒什麼。」我意興闌珊，對他揮揮手道：「我心情不太好，想一個人待一會兒，你先忙，別管我，過一陣子就好了。」

「他媽的，本來還想找你喝幾杯的，看你這死樣子，老子也沒心情了。好吧，你自己待著吧，我忙去了。」二子無奈地撇撇嘴，開車走了。

我站在別墅前的路上，面朝玄武湖，嘆了一口氣，捏捏眉心，伸伸懶腰，就驅車趕往盧教授的怪病研究中心。

聽說我要過去，盧教授有些激動。他在電話裏告訴了我一個好消息，姥爺的病情似乎有了起色。我趕到研究所的時候，盧教授早已在樓下等著我，他親自帶我進了特級病房。

我見到了久違的姥爺。姥爺的氣色的確比先前好了，皮膚紅潤了一些，最驚喜的是，他已經可以偶爾睜開眼睛看人。但是，姥爺依舊沒有意識，眼睛只會直直地看著，連眨一眨表達意思都不行。我們和他說話，他似乎完全聽不懂。

「你上次給他吃了什麼東西？這種狀況，就是從你上次給他吃那些藥之後才出現的。他的吸收能力變好了，我給他精心配製的營養液起了作用，機體功能也有一定程度的恢復，說不定能對抗詭異的蒸發之症。」盧教授有些興奮地說道。

我大概明白是怎麼回事了，連忙起身跟盧教授道別，又驅車趕回紫金別墅。

千年悶香起作用了！雖然它沒能治好姥爺的病，但是，還是有一定療效的，它使得姥爺的元氣開始恢復了。這是一個好現象，只要再持續用藥一段時間，姥爺康復還是有希望的。

該死，我上次為什麼就這麼武斷，用完一期藥之後就停藥了呢？我實在是太沒有耐心了！我真是悔得腸子都青了。

剩餘的那些悶香，我都交給了玄陰子，現在不知道還有沒有剩下。玄陰子這段時間氣色也不錯，不知道是不是把那些悶香都吃完了。

我越想越焦急，滿頭大汗，一路狂飆，停下車子之後，飛快地衝到玄陰子面前。

「喂，小子，怎麼了？」玄陰子正在陽臺上曬太陽。

「上次我給你的東西，還有嗎？」我太過焦急了，也不走樓梯了，直接飛身一躍，抓到護欄，翻上陽臺。

「你是說那個黃色的、麵包一樣的東西？香噴噴的？」玄陰子有些好奇地問。

「對對對，就是那個，還有沒有？」我焦急地問道。

「有啊，還剩一大半呢，你不是說一周才吃一次嗎？我沒吃幾次呢。幹嘛，你想要回去啊？」玄陰子問道。

「沒時間和你廢話了，總之，我有用處，快找來給我。」

玄陰子只好起身，到房間裏翻了一會兒，把剩餘的千年悶香找了出來。我一把抓過來，緊緊地抱在懷裏，這才滿心慶幸地喘了一口氣。

「你要這個做什麼？」玄陰子問道。

「救命。」我隨口說完，轉身就走，又停了下來說道：「你如果想要見我姥爺的話，就找二子，他會帶你去的。不過，我想姥爺可能並不想看到你。所以，你最好考慮清楚。你不要對他說什麼陰陽怪氣的話刺激他，不然的話，我不會放過你的！」

「得，我暫時還不想去呢，有些事情我還沒有想起來，過幾天再說吧。」玄陰子慢悠悠地說道。

「隨你。」我轉身下樓，找來管家，將千年悶香分出了一小塊，讓他拿去煎藥，餘下的帶回房間，鎖進了保險櫃。這是姥爺的救命藥，我可不能把它弄丟了。

「呼——」我這才長出一口氣，在窗前坐下來，靜靜地看著窗外，思索著下一步的對策。

姥爺的身體得到千年悶香的調養之後，應該還可以堅持一段時間。我還有時間，還有機會。我必須要去一趟無底天坑，我要親自揭開謎底，看看那個無底深淵下面，到底有什麼東西！

藥熬好的時候，已經是第二天上午了。我到研究所，親手將湯藥給姥爺餵了下去，這才放心離開。

回到別墅之後，我立刻開始準備。我必須抓緊時間，趕在千年悶香用完之前，找到崩血症的解決方法。可以想像，一旦千年悶香用完，姥爺的病情又會加重。

我現在已經是歷經磨難的江湖老手，早已不是衝動的毛頭小子了。而且，我現在要去做的，是一件極為緊要的事情，我必須要確保萬無一失，不能馬虎大意了。

在行動之前，我除了要制定周密的行動計畫，還要找到可靠的夥伴，這一點是最困難的。這一次，我是要去深入一個飽經詛咒的黑暗禁地。普通人根本就沒法靠近那裏，萬一我沒有找到解除崩血之症的辦法，那麼，跟我去的人可就要白白犧牲了。

因此，二子這個老搭檔被我第一時間排除了。可是，找誰好呢？這個世上，除了我之外，還有誰是不怕崩血之症的？

我現在唯一能想到的，就是那些已經患了崩血之症的人，比如玄陰子。可是，玄陰子糊裏糊塗的，根本沒法去。無奈之下，我一咬牙，決定獨自上路。

我給玉嬌蓮打了電話：

「我需要一份風門村無底天坑最翔實的資料。給你三天時間，不管你用什麼辦法，一定要幫我搞到。我現在立刻趕到北城去。還有，幫我仔細調查一下崩血之症，看看現在有沒有正在發病、但是身體還算健康、行動還算是利索的人。如果有的話，全部都請過來，我有重要的事情。」

交代完畢，我簡單收拾了一下，帶齊裝備，就要出發。

「哎喲，小子，要出門啊？」玄陰子坐在二樓的陽臺上，看到我的身影，不鹹不淡地說了一句。

見到這個老混蛋、老狐狸，我心裏氣就不打一處來，本想說句話嗆他一下，但是轉念一想，這老傢伙當年參與過探索無底天坑，說不定會有什麼有用的資訊告訴我，就舒展了眉頭，翻身上了二樓陽臺，拿起他的茶杯喝了一口，坐到他的對面，問道：「我正有個事情要問你。」

「你剛才喝的是桂圓泡的茶，屬陰的，以後可別喝了啊，這是適宜我們陰支的人喝的，你要喝的話，最好喝人參茶，壯陽補腎，適合你們陽支弟子。」玄陰子抱著他的杯子，一臉肉疼的樣子。

「滾蛋。」我沒心情和他廢話，皺眉道：「和你說正經的，我要去風門村走一趟。你能不能想起什麼有用的資訊，趕緊和我說一下。」

「這個嘛，你問對人了。」玄陰子有些得意地啜了一口茶，「那個天坑的位置非常偏僻隱蔽，不是本地人，想要找到地方很難。」

「我會在當地找一個嚮導的。」我說。

「嘿嘿，這個恐怕有些難了。要知道，當年深淵的輻射擴大之後，風門村附近爆發了崩血症，那個地區的原住戶都搬走遷移了。可以說，現在那裏已經是鬼城了，連活的動物都很少見到。所以，你想要找到一個能夠認得那條路的當地嚮導，恐怕不太可能。」玄陰子悠悠地說。

我不覺一愣，連忙問道：「那怎麼辦？那還有誰認得路？地圖總該有吧？」

「那是荒山野嶺，地圖上怎麼會標得那麼詳細？」玄陰子嘿嘿一笑道。

「好吧。」我不覺嘆了一口氣，「那你的意思是說，只有你才認識路是吧？那就勞煩你幫我畫一張那個地方的地圖吧。」

「我記性不好，你又不是不知道，我哪裡還能記得那麼詳細的東西？」玄陰子卻給了我一個否定的答案。

「那要怎麼辦？師門內部有沒有相關資料？」我皺眉問道。

「這個我不知道，不過，你可以讓他們找找看，如果找不到的話，那就是沒有了。這件事情當年可是最高機密，師門內部也很少有人知道的。我現在一時半會兒也想不起來有哪些人知道了。反正，你想要找到第一手資料，是很困難的。」玄陰子再次給我潑了一盆涼水。

「那你的意思是說，我只能自己去那兒找了，對不對？」我皺眉問道。

「嘿嘿，我說了這麼多，怎麼你就是不明白呢？」玄陰子抬眼看著我，笑問道。

「你到底想說什麼？」我有些疑惑。

「你請我和你一起去啊，我現在想不起來路，但是到了那個地方，故地重遊，不就可以想起來了嗎？」玄陰子笑道。

我不覺笑了起來，說道：「就你這老胳膊老腿的，你行不行啊？還能爬得動嗎？」

「哼，你小子就是看不起人，你不要忘了，論身手，你在我手下，走不過兩招！」玄陰子臉色一冷。

我不覺心裏一沉，立刻驚醒，想起這個老頭子別看表面上垂垂老矣、弱不禁風，卻是深藏不露，論修為、論武功，我完全不是他的對手。這次風門之行，如果帶上他，說不定是一大助力。一來他認得路，對當地很熟悉，二來他功力深厚，萬一遇到什麼意外狀況，是一個不錯的後援。

我連忙對玄陰子說道：「好，那就這麼定了，等到要出發的時候，我來接你。你先好好準備一下吧。」我說完轉身下樓。

「你要去哪裡？」玄陰子喊住我。

「我去找找看有沒有其他人可以一起過去的。」我隨口應了一聲，並未停住腳步。

「小子，記住了，兵在精而不在多。那些沒用的人，就不要去找了。我給你推薦一個人，如果你能把他請出來，那麼我們這趟行程，就算成功一半了。」玄陰子站在陽臺上悠悠地說。

「誰？」我不覺轉身問道。

「就是上次我們在西南大山裏，跟我一起的那個小夥子。叫泰岳是吧。你當時好像還跟他拜了把子呢，後來你們鬧翻了。不過，他不是小氣的人，你真心求他一下，他肯定會幫你的。」玄陰子微微笑道。

我不覺一怔，皺眉問道：「為什麼要請他？」

玄陰子呵呵笑道：「難道你忘了嗎？我們在夜郎墓裏遭遇萬屍大陣的時候，他可是少數幾個沒有崩血的人啊。難道你還不明白嗎？他也不怕輻射。」

玄陰子的話讓我猛然驚醒。是的，當時陰風席捲，黑氣瀰漫，我們隊伍中的人都崩血了，只有我和泰岳、玄陰子例外。我一直沒有患病，玄陰子是因為他本身就患病，而泰岳沒有發病，這讓我很疑惑了。

不過，真正說起來，泰岳的神奇之處早已不止於此了。我總覺得，他根本就不是人，而是神，不，應該是石頭，一塊滴水不進、堅硬如鐵的茅坑臭石頭！直到現在，我心裏對他還是有些排斥和抗拒的。

在夜郎墓的最後關頭，他獨自率先進入墓室的行為讓我耿耿於懷，也因此對他有些看低，不想再與他為伍。我不想和一個我無法信任的人共事，這會讓我感到緊張，時時都有危險。可是，現在除了泰岳之外，似乎沒有其他更好的人選了。不可否認，他是一位難得的幫手。如果讓他加入我們的隊伍，勝算至少增加三成。

想到這裏，我抬眼看著玄陰子，點頭道：「放心吧，我會去找他的。」

玄陰子瞇眼笑道：「好，你能有這份胸懷，證明我沒看錯人。這下，我可以完全放心地把師門交到你手上啦。哈哈哈，你去忙吧，我也收拾收拾，嘿嘿。」

我驅車直奔沭河縣城，直接駛上了市郊一條山道，向馬凌山駛去。

故地重遊，馬凌山依舊巍峨蔥翠，駱馬湖水一碧萬頃。車子駛過山腳時，我透過樹縫，看到樹林邊上開著星星點點的各色野花。馬凌山上特有的氈草，也都冒出了一層淡綠色的新芽。春天，已經來到馬凌山了。

車子駛上盤山公路，在馬凌山療養院門口停了下來。

我來到大門口，發現看門的老大爺沒有換人，不覺心生一股親切感，掏出一包中華菸給老大爺遞過去。

「哎呀呀。」老大爺認出我來，激動得手都有些哆嗦了，拉著我的手說：「方曉啊，你回來啦？現在在哪裡啊？過得怎麼樣啊？喲，這是你的車子啊，有出息啊，嗨嗨。」

我微微笑著，緊握著他粗糙的大手，說道：「我回來看看，您老身體還好吧？」

「我身體好著呢，哈哈。對嘍，你小子這次回來待多久，有沒有地方住？要不要去我家坐坐？咱們爺倆喝兩盅？」老大爺熱情地問我。

「不了，大爺，我還有些事情要辦，您的心意我領了。我有空再來拜訪您。」我把大爺扶回崗亭裏，把菸塞到他口袋裏，又偷偷塞了幾張票子，這才歡喜地出了崗亭，一路信步向後山走去。

我不知道我要找的人住在哪裡，也不知道他到底叫什麼名字，但是，我知道在哪裡能夠找到他。百煉鋼不抵繞指柔，再英雄的男人，心中也有柔軟的牽掛。這傢伙雖然很神秘，但是，他牽掛著一個女人。

我穿過療養院，踏步在落葉遍佈的林中小道，抬頭望去，群山已經蒙上一抹淡淡的綠意。我看看時間，是午後三點，斜陽西照，樹影青蔥。

今夜是月圓之夜，我本該陪在姥爺身邊的，現在卻在這裏尋尋覓覓。青絲仙之神若有靈，應該會不吝賜我一見吧。

我來到青絲仙瀑布，老榕樹枝頭已經冒出新芽。我在大青石上坐下來，瞇眼看著白練如雪的瀑布和清澈見底的潭水，心生幾多慨嘆。當年在這裏的日子多麼悠閒，無憂無慮，而現在，逝去的日子再也找不回來了。

我靜靜地坐著，看著一抹餘暉漸漸沒入山腳，一陣風從林間吹來，送來一陣野花的清香。我細細品味那縷清香，尋找那熟悉的味道。

有了，在西南方，青絲仙瀑布的上方！我精神一振，起身繞過樹林，來到瀑布上游的溪水旁，踩著水中凸起的岩石，到了溪水對面，那是一片雜亂的樹林。

此時圓月尚未升起，林間一片陰翳。我摸索著走了一段，停下來輕輕地嗅著，發現那香氣似乎就在身邊，卻又讓人無從捉摸到具體位置。

我只好試探著再往前走，不知不覺間，四周升起了薄薄的白霧。霧氣瀰漫，我穿過樹林，依稀看到前方似乎有一塊空地和一座黑色茅屋。茅屋裏沒有燈光，黑魆魆一片。

走到近處，我才發現，茅屋前面是一塊氈草地，有一張石桌，旁邊擺著幾隻大樹墩做成的凳子。我輕輕觸摸石桌，一片冰涼。隨即，我的指肚摸到了一樣東西，拿起來一看，是一片清香的草葉。我鬆了一口氣，坐下來靜靜地等著。

「喵——」一聲山狸貓的尖叫從側前方樹叢裏傳來。不多時，一個黑色人影，肩上背著一團黑乎乎的東西，喘著粗氣一路向茅屋的方向走過來。

「誰？」那個人影走到空地邊上，看到我的身影，冷喝一聲，抬手丟掉肩上背著的東西，抄起一根棍子就向我奔過來。

「你說還能是誰？」我凜然起身，冷冷地瞪著那個人說道。

「我操，你他娘的。」那個人這才鬆了一口氣，走到我面前，仔細地看我，他才扔掉木棍，回身繼續扛他丟在地上的東西，問道：「你來做什麼？」

「找你。」我淡淡地回答。

「你找我做什麼？」那個人不屑地冷哼一聲，走過我身邊，將肩上的黑色袋子放到茅屋邊上，推門走進茅屋，拿著一瓶酒和一碟花生米走出來，大馬金刀地往石桌旁一坐，灌了一口酒，咯吱咯吱地嚼著花生米，說道：「你走吧，這兒沒有你要找的人。」

我冷笑一聲，伸手拿過他的酒瓶，仰頭喝了一口，斜眼看著他說：「酒不錯，泡了不少東西。」

「哼，你懂個屁。」那個人不屑地斜了我一眼，搶過酒瓶，喝了一口問道：「找我幹嘛？」

「找你幫我一個忙，去河南風門村走一趟，那邊有個天坑。」我微微笑道。

「要我出力氣，總得給個理由吧？」

「唯一的理由，可能就是咱們曾經一起磕過頭，你必須要幫我。」我又問道，「嫂子怎麼樣了？」

「你還記著這個事情啊？」那個人皺眉道，「你知道你在和誰說話嗎？」

「我不知道，也不想知道，如果你想讓我知道，你自己會說的。」我微微一笑，捏了一顆花生米丟進嘴裏，接著掏出一包菸，給他遞了一根，問道：「你這副尊容，不準備再變了吧？」

「關你鳥事？」那個人一邊點菸，一邊斜眼看著我：「我聽說，你現在混得風生水起啊。又是門派掌門，又是江湖大老，厲害得很嘛，怎麼，跑到我這山林地界，有什麼指教嗎？」

「指教不敢，就是蹭蹭酒喝，敘敘舊，另外，給你講一個故事。」

「什麼故事，講吧，中聽的，給你鼓掌，不中聽的，直接把你打出去。」他吐了一口煙。

「呵呵，我本來想給你仔細講講的。不過，既然你已經聽說了我的事情，那我就簡短地說吧。一句話，我躲過了天雷之劫。」我瞇眼說道。

「喲呵！」那個人冷笑一聲，「不錯嘛，有點料啊，雷劫都能躲過去，不簡單。不過，你和我說這個做什麼？」

「不做什麼，就是想問問，你想不想學我的方法。」我微笑道。

「不想，沒興趣。」他喝了一口酒，對我擺了擺手。

「真的不想？」我追問道。

「真的不想。老子不是妖怪，沒這個需要。」對方加重語氣道。

「你不是妖怪，這我知道，但是，有人是。龍涎山髓的效力雖強，但是，沒有九陰九陽的血髓輔助，根本就不可能化形。如果強行施為，遭遇天劫，不但會化形失敗，說不定還會灰飛煙滅。難道，這個事情你就不擔心？」我冷眼問道。

聽到我的話，那人卻是一愣，直直地看著我道：「你怎麼知道的？」

「我手裏有一本竹簡古書，上面記載著龍涎山髓的故事。龍涎山髓乃是龍脈精華，功效就是柔骨化體，只有養屍和御靈的人才會需要。」我微微一笑，「根據我的推測，你應該不是在養屍，我沒聽說過養屍的人會終日喝酒買醉的，養屍的人都是生活簡樸嚴謹的。所以嘛，你應該是屬於後者，對不對？」

「你想怎樣？」黑大漢瞇眼看著我問道。

「我先問你個事情，我現在到底該叫你什麼好呢？」我岔開話題。

「隨你的便。」對方對這個問題根本不在意。

「那我還是叫你大哥吧。」我說道。

「哦？」黑大漢一愣，瞇眼看著我，哼笑一聲道：「別跟我套交情，我不吃你這一套。你說吧，你到底有沒有辦法，如果沒有的話，你就滾蛋！」

「辦法有一個，但是也不保證一定能成功。你應該知道，這種事情，沒有人成功過。我不是神，不過，你倒是很像神，不如你跟上頭問問？」我瞇眼笑道。

「屁，老子是死神！」黑大漢一口酒差點噴出來，他把酒瓶往桌上一放道：「說吧，有幾成把握。要是還算靠譜，我就幫你。」

「三成。」我淡淡地說，緊跟著加了一句：「不過，雷劫可以確保避過。」

「那也行啊，有希望就行。」黑大漢興奮地喝了一口酒，把酒瓶往我面前一推：「乾了！」

「好說。」我拿起酒瓶一飲而盡，長舒一口氣，一抹嘴道：「好酒！」

「行啦，蹭了這麼多酒，你可以回去啦。什麼時候出發，時間地點告訴我就行了。我去和你碰頭。」黑大漢揮揮手，下了逐客令。

「三天之後，青衣祠。」我拿出一疊票子，壓到酒瓶底下說道：「錢放這兒了，需要什麼，你隨便買。」

「行吧。到時候我叫啥名字？」黑大漢拿過錢，塞到褲子口袋裏。

「還叫泰岳吧，你是我哥，我親哥。他娘的，我沒見過連自己名字都搞不清楚的人。」我撇撇嘴，轉身離開。

「操，你都說了我不是人，人才有名字，我不是人，當然就沒有名字，懂不?!」他在身後對我大喊道。

「滾！你不想說就算了，懶得理你這個混蛋，沒有誠意，我真懷疑我腦子是不是進水了，大老遠跑這兒來獻殷勤，他媽的！」我回身大罵了幾句，這才哼著歌走回去。

我抬頭看時，東天一輪好大好白的月亮，正冉冉爬上樹梢。夜色大好。一陣清風吹來，我嗅到一陣淡淡清香，只見月光下，樹林之中，隱約站著一個白色人影。

我心裏一動，走近想看清楚一點兒，但是那個人影卻隱到了一棵粗大古樹後面了，只看到一角白色裙擺隨風飄動。

似曾相識的感覺油然而生，我心裏一陣感動，對著那一角裙擺鞠了一躬，想說點什麼，卻不想低頭一看，腳邊有一小束青色草葉。我心裏一喜，撿起來收入懷中，又對著那一角裙擺恭聲道謝，才轉身離開。

我跨過了溪水，來到青絲仙瀑布側面的一處空地上。一陣陰風乍起，樹林中突然躥出一條黑影，向我身上撲來。

「好傢伙！」我心裏一凜，迅速向後一跳，躲開了黑影的撲擊，定睛一看，原來是一隻凶戾可怖的大山猴。

「嘶——呀——」大山猴雙臂粗壯，獠牙尖利，趴在地上對我發出一聲聲嘶吼，擺出了要再次攻擊的架勢。

「好畜生，竟然敢襲擊你方爺爺！」我冷冷一笑，抬手抽出陰魂尺，準備將這畜生送上西天。

沒想到，大山猴竟然十分機警，見到陰魂尺，自知不敵，嘶吼一聲後就掉轉方向，向我身後撲去。

「操，幹什麼？那邊有東西嗎？」我有些疑惑地轉身，不覺眉頭一皺，立刻意識到大事不好。大山猴正向著我身後不遠一棵粗大的樹幹後的裙擺撲去。

「嘶——戛——」大山猴躥到樹後。

樹後立刻傳來一聲驚叫：「救命——」一道白色身影急速向側面跑去，一邊跑一邊驚慌地回頭。

借著月色，我看到了那個身影的面容，心裏不禁惻然。那個身影看著像是一位妙齡少女，長髮如瀑，但是，面容卻是枯木之色，看不清五官。

「該死的畜生！」見到人影跑遠，我這才醒悟過來，連忙飛奔到大樹後面，看到那隻大山猴正手捧一束草葉，津津有味地吃著。

「咕嘰咕嘰——」大山猴幾口將草葉吃光，突然對我一齜牙，嘶吼一聲，轉身又向那個白色人影追去。

「站住！你這畜生，受死吧！」我冷喝一聲，飛身而上，追到大山猴身後，陰魂尺凌空一指，點向大山猴的脊背。

「嘰呀——」大山猴出奇敏捷，竟然在我的陰魂尺馬上就要點到牠時，突然一矮身，奮力向側面一跳，跳開了四五米遠，逃出了我的攻擊範圍。

「唧唧嘰——」大山猴對我的陰魂尺極為忌憚，跳開之後，迅速躥上了一棵大樹，趴在樹杈上對著我齜牙咧嘴地尖叫。

「你以為你上了樹，就可以逃掉了嗎？今天方大爺我心情不好，正好滅了你，殺殺火氣！」我來到樹下，準備追上樹去。

就在這時，側後方的樹林裏突然傳來打鬥聲。

「不好！」我心裏一驚，連忙轉身向泰岳的那個茅屋奔去。

第八十五章

探險夢之隊

「我是自由撰稿人，給很多雜誌撰寫旅遊和探險的文章，
還寫一些專欄，都是和旅遊相關的。
我一年到頭在全國各地跑，下一站準備去羅布泊。
怎麼樣，你有沒有興趣一起去看看？」
徐彤提起自己的工作，眉飛色舞起來。

我躍過溪水，衝進樹林，三步併作兩步，來到茅屋前的空地上，見到兩條黑色人影正在奮力廝打。

「每個月都來要，你以為我是賣草藥的？」泰岳憤怒的聲音傳來，還帶著些許醉意。

「我才來要幾次而已，沒見過你這麼小氣的，老子都給你帶了酒了，你還想怎麼樣？」另外一個黑影的聲音同樣很憤怒。

我不覺一怔，感覺這個聲音似曾相識。

「呸，老子今天心情不好，你最好識相點，否則我把你揍成肉泥！」泰岳似乎確實真的喝醉了，說話已經有些大舌頭了。

「講好的事情，你不能反悔，老子也不是好惹的。這陰靈鬼猴必須有特定的東西餵養，否則就養廢了，你懂不懂？我又不是要你的命，幾片草葉而已，你都已經答應了，為什麼不給我？」另外一個黑影說道。

我終於肯定了自己的推測，飛身躍出樹林，手裏的陰魂尺凌空向下猛砍，一道渾厚的陰尺氣場衝射而出，瞬間將那兩個人分隔開來。

「什麼人？」那個前來找泰岳幹架的黑影凜然回身瞪著我，沉聲喝問。

「你兄弟。」我淡笑一聲，踏前一步，正看到一張鬍子遍佈的黑乎乎大臉，不覺心裏一暖，一把握住他的手道：「你不會把我給忘了吧，死鬍子？」

「我操，方曉！你什麼時候回來的？你怎麼會在這裏？」鬍子認出我來，不禁滿心激動地抓著我的肩膀，大聲問道。

「我正好路過，怎麼樣，你好嗎？」我看著鬍子問道。

「好兄弟，你先讓開一下，我要和這個不講信用的混蛋再打一架，我倒要看看他到底有什麼能耐，以為自己是天皇老子，老子還真就看不爽他這德性！」鬍子一把推開我，指著泰岳的鼻子說道：「姓趙的，有本事，咱們繼續！你別裝慫，我告訴你，我方大說話可是絕對算數的。你要酒，我給你了，你不能跟我打欠條，我要的東西，你必須要給我，不然我跟你沒完！」

「哼，不自量力，你以為你是什麼人？就你那兩下子，我要不是看在方曉的面子上，早就打斷你的狗腿了。你居然拿還敢跟我叫板，找死是不是?!」

泰岳心情本來就不好，這會兒更經不起鬍子的挑釁，立刻針鋒相對地回罵，攥著拳頭、紅著眼睛，就要衝上來和鬍子繼續幹架。

「都停手！」我連忙擋到二人中間，一手推一開個，說道：「鬍子，你這就不對了，打到別人家門口來，這擺明了就是欺負人。有什麼事情不能商量著解決？你和我說說，這到底是怎麼回事？」

「很簡單，我拿酒和他換草葉。今天他得了酒，不給我草葉，讓我白跑一趟，我沒東西餵猴子了，心裏不爽，他又出言不遜，我就和他幹上了。這個人，整天醉醺醺的，酒鬼一個，我要把他打打醒！」鬍子捋著袖子，滿臉怒氣地瞪著泰岳。

「酒不醉人人自醉。」泰岳冷冷一笑，在石桌旁坐下來，突然全身一震，一股白氣「嗤嗤」升起，然後竟然雙目清明地轉身看著我和鬍子說：「想醉就醉，對醉了的人說醉話，對清醒的人說清醒的話。」

「你什麼意思？」鬍子滿臉怒氣地瞪著他問道。

「沒什麼意思，就算是有意思，你也不明白。因為，你已經醉了，你根本就不懂人話。」泰岳笑著，繼續嘲諷鬍子。

「混蛋！你這傢伙，就是欠揍！你以為你了不起是不是？」鬍子被氣得青筋直暴，又往前衝。

我一把將鬍子攔住，拖到一邊，從懷裏取出那束草葉，塞到他手裏說：「這個你先拿著，應該可以撐一段時間吧？」

「哼，差不多吧，省著吃，大概能撐一個月。」鬍子得了草葉，心情立刻平復下來。

「那二白猴呢？」我問道。

「對了，光顧著打架了，忘記這傢伙了。等著，我叫牠來見你。」鬍子打了一個呼哨，不多時，一隻大山猴飛速從樹叢裏跑出來，來到我們面前。

我看清了這隻猴子，心裏一陣好笑，側頭看著鬍子說：「就是這畜生？長這麼大了？我記得牠小時候有一對白眉毛的，哪裡去了？剛才我在樹林裏遇到牠，還以為是野猴子，差點動手把牠給做了。」

「操，不會吧，你知道把牠養這麼大，費了我多少心血嗎？每天三片草葉啊！那草葉可是要用老頭子的酒才能換來的寶貝啊。幸好你沒下手，不然我要跟你拼命了。」鬍子抹抹額頭的冷汗，害怕地說道。

和鬍子分開這麼久，我們一直都沒有聯繫。現在突然重逢，簡直就是狂喜。唯一不開心的人，可能是那隻大猴子。這傢伙被我修理了一番，現在見到牠的主人和我這麼親熱，眼神有些酸溜溜的，蹲坐在旁邊看著我，似乎對我很有意見。

「二白，這是你的方曉主人，以後要聽他的話，不許胡鬧，聽到沒？你要是不聽話，小心我鞭子抽你！」鬍子轉身對著猴子一頓訓斥。

猴子身體一抽，連忙作揖求饒。

「哈哈哈！」鬍子放聲大笑，拉著我走到石桌邊坐下，拿出一瓶酒放到桌上，說道：「酒逢知己千杯少，來，今晚好好喝一通。」

「你還是少喝點吧，我看你這脾氣是見長了，就是經常喝酒的緣故吧。」我微笑道。

「管他呢，人生在世，就圖個痛快，有酒就喝！」鬍子抬眼看著泰岳，敲著桌子說：「喂，弄點菜來下酒，這是你的地盤，你就是這麼招待客人的？」

「你也算客人？」泰岳冷笑一聲，卻還是起身走回茅屋裏，拿來一些熟食放到石桌上。

月色正好，我們一起舉杯暢飲，久違的酣暢淋漓的感覺。

席間，鬍子問我來這裏做什麼。我就把我來請泰岳幫忙的事情說了。

「我操，你請他，居然不請我？你什麼意思？拿我不當兄弟？」鬍子瞪著眼睛問我。

「哼，老子和方曉拜過把子的，你算個鳥？」泰岳冷笑一聲，滿心不屑。

「放屁，老子和他一張床上睡了七八年！」鬍子一拍桌子，火氣也上來了。

「哎，你們別爭了。」我看著這兩個炸藥包，心裏一陣無奈，對鬍子說道：「這次的事情，你不能去，太危險了。」

「我操！你越說我越生氣了。怎麼了？就我怕危險了是不？」鬍子瞪眼問道。

「不是這麼說，姥爺的病症你知道吧？我實話告訴你吧，去了那裏，就會得這個病。」我皺眉道。

「那你們怎麼就能去了？」鬍子好奇地問道。

「我本來也應該得那個病的，只是現在還沒有發作而已，所以，我不怕。泰岳是因為體質特殊，他不會得那個病，所以也可以去。你就不行了，你去了肯定會得那種病的。」我端起酒杯，和鬍子碰了一下，繼續說道：「所以，這次的事情，你就不必摻和了。你繼續訓練你的猴子，以後有需要你幫忙的地方。」

「那不行！」鬍子用力一拍桌子，「老子在山上憋了這麼久，看到路邊的水牛都想打一架，渾身骨頭都癢了，實在是待不住了。我不管這次的事情有多危險，總之我一定要去！那個崩血症，我看也沒什麼可怕的。再說了，老人家和你不都有這病嗎？我這次去也得病了，咱倆不就成難兄難弟了嗎？我們就可以一起對抗病症，一起吃苦受罪了，這才是真正的兄弟啊！你說，是不是？」

「可是，我有可能不會發作，而且，我的身世也有些特殊。總之，他們都說我身上隱藏著很大的秘密，是解決那種病症的關鍵所在。所以，我才決定要去那邊探查的。就算你得了那個病，咱們也不能成為難兄難弟，最多是我看著你發病難受。」我無奈地看著鬍子。

「我操，還有這等事，這可就奇了啊，那到底是個什麼地方？怎麼就這麼邪門了。你這麼一說，我更加忍不住了。不管了，反正這次我必須去，不管你同不同意，都要去。實在不行，我自己跑過去，不就是在河南風門村嗎？」鬍子已然下定了決心。

此刻我真後悔把風門村這個地名說了出來。不過，既然鬍子執意要去，也未必是壞事，畢竟這個混蛋的實力很強。有他跟著，我們的勝算又增加了不少。

拗不過鬍子，我終於同意他加入隊伍。

鬍子歡喜地把猴子召喚過來，拍著牠的腦袋說：「這下咱們有發揮的機會啦。你們就瞧好吧，我要讓你們見識見識什麼叫九陽靈猴，哼哼。」

我和泰岳對望一眼，都有些無奈地搖了搖頭，微微一笑。

鬍子天生野性，他一點兒都沒變，說幹就幹，沒有任何顧慮。有時候，我真的很羨慕他的自由，羨慕他的直率。

「喝！」我舉起酒杯，一飲而盡。

「哈哈哈——」我大笑著抬頭望天，月上當空，不覺眼角滑下一行淚水，接著更加狠狠地灌酒，直到把自己灌得不省人事。

我在凌晨醒來的時候，發現自己居然已經坐在車裏了。山林的清晨格外清涼，薄霧瀰漫，空氣清新。我搓搓臉，啟動車子，一路向南城駛去。

路上，我給玉嬌蓮打了電話，她說還沒有找齊風門天坑的資料。在薛寶琴的幫助下，她找到了一批患有崩血症的人，只是那些人都已經病入膏肓了，根本不可能參加行動。

我嘆了一口氣，讓她隨時等待我的命令。

回到紫金別墅，我把跟隨玄陰子的人找來，給他們各自分配了任務：

「你們幾個幫我準備兩輛性能好的越野車，你們幾個負責採購食物，你們幾個負責準備野外宿營和登山裝備。」

我走進玄陰子的房間，發現他已經收拾好了一個大包裹，隨時可以出發了。

「怎麼樣，請到人沒有？」玄陰子含笑問道。

「請到了，還多請了一個。這樣一來，我們就有四個人了，不對，應該是四個半。」

「四個半？」玄陰子不解地看著我，「莫非還帶著屍體？」

「不是。」我揮揮手，「到時候你就知道了。總之，這兩天，你先好吃好睡，養好身體。我們可以開車到達風門村周邊，餘下的路就要用走的了。到時候還需要你帶路，你可給我爭點氣，可不要什麼都想不起來，把我們困在深山裏。要是那樣的話，我可就要把你就地埋了，省得累贅。」我打趣道。

「好小子，心情不錯嘛。你放心吧，我肯定能認得路的。只是，那個地方我很多年沒回去了，樣子應該已經變了很多，可能要費點時間回憶。」玄陰子道，「我可要提醒你一個事情。」

「什麼事情？」

「那個天坑深淵，可真的是沒底的，你要做好充足的準備，要是到時候下不去，咱們可就是白跑一趟了。」玄陰子認真地說。

「這個我知道，我會讓他們準備好裝備的。」我說完，走出房間，又給玉嬌蓮打電話。

「有什麼指示，代掌門大人？」玉嬌蓮嬌柔的聲音傳來。

「沒什麼指示，有個問題要請教你。」我微微一笑，「你在外國讀過書，有沒有見過小型的載人飛行器？就是價格比較低廉，搬運起來也比較方便的那種。」

「這個，你要做什麼？如果你真的需要的話，我們給你搞一輛直升機好了。薛姐姐有辦法，這個絕對不成問題的。」玉嬌蓮有些疑惑地說。

「直升機我不會開，我需要那種安全性能高，很快就可以學會操作的小型飛行器。我想起來了，那種助力傘，你能幫我搞到嗎？」

玉嬌蓮說道：「這是那些喜歡冒險的外國人玩的，國內還沒有生產。不過，我能立刻搞到。你大概什麼時候要？」

「三天之內就要，送到南城來。你看能搞到幾架？」我有些焦急地問。

「那就只能帶一架了，大約兩天時間。到時候，我親自給你送過去，告訴你怎麼操作。」玉嬌蓮掛了電話。

我總算鬆了一口氣，抬眼看著窗外的天空一聲歡呼，信步走出別墅，驅車趕往盧教授的研究所，去看望姥爺。

我還在路上，二子的電話打了過來，這傢伙有些生氣地問我在哪兒。

我一愣道：「我正在去研究所的路上，你要幹什麼？」

「你給老子等著！」二子說完就掛了電話。

沒多久，我趕到研究所時，發現二子正雙手掐腰站在門口等我，車子停在旁邊堵著路。

「喂，你吃錯藥了？」我下了車，皺眉問道。

「我看是你吃錯藥了吧？」二子走到我面前，黑著臉看著我說：「呵呵，不錯嘛，小師父成人了啊，連我都看不起了，做事情連知會一下都懶了，自己拉起人馬就搞起來了。嘖嘖，幹得不錯啊。」

「搞什麼？你想說什麼？」我瞇眼點了一根菸，「你不會想和我單挑吧？我可實話告訴你，別看你人高馬大，真正動起手來，你可不夠格。」

「哼，操你媽！」二子猛然一揮手，滿臉憤怒地瞪著我，吼道：「老子知道打不過你，但是，你他媽的也太小看人了吧？我打不過你，難道給你當個打下手的小嘍囉都不夠格嗎？你說，你這些天都在搞什麼？為什麼一點兒也不和我說？你偷偷整理人馬，以為我不知道嗎？你有沒有把我這個老搭檔算進去？你這麼做，夠意思嗎？」

「呸！」二子惱火地啐了一口，瞪著我說：「今天我看到他們到處買裝備，才過問了一下，不然的話，還一直被你蒙在鼓裏。你小子，這是要單飛啊，看不起你二子哥了，是不是？」

我這才明白是怎麼回事，說道：「要是一般的事情，我會不告訴你嗎？這次的情況不一樣，太危險了，所以我才沒叫你。我這是為了你好，你懂不？而且，這次的行動沒錢拿，完全是義務勞動，你跟著去了，也撈不著什麼油水。」

「我操，你以為老子是怕危險的人？你這麼說話，我可就不愛聽了。你也不好好想想，從認識你開始到現在，二爺我哪一回怕過！我不管，這次的事情，無論如何，你得算我一個！」

我皺眉道：「去了那裏，你就會得和姥爺一樣的病，而且發病速度更快，你可要考慮清楚了。去不去隨你，我不強求你。」我說完，徑直走進研究所大門。

「喂，喂！」二子愣了半天才追上我，神秘地問道：「真有這麼嚴重？那你找了誰一起去的？他們都不怕這個病嗎？」

「都是已經得病的人。」為了打消二子的念頭，我只好撒了謊：「其實，我原本也應該得這種病的。我這次去，就是為了查明原因。那個地方是個地洞，裏面沒有寶貝，就是個鳥不拉屎的大坑，沒什麼刺激的。所以，這次你就不要去了，去了反而給我添麻煩。」

「噢，那好吧，不過，這個事情，你一點兒也不和我說，搞得我以為你有什麼秘密計畫呢，害我擔心了半天。」二子這才有些釋然，憨笑一下，摸摸腦袋，接著又想起什麼事情來，說道：「我表哥剛才給我打電話了，提到你上學的事情。說你們學校的老師打電話給他，說你很久沒去上學了。你看這個事情怎麼辦？都開學一個多月了，你是不是自己去學校解釋一下？」

「解釋個屁啊，你去幫我搞定吧。我現在是大集團總裁了，再說了，我是方外之人，這些東西學不學都無所謂。你去忙吧，我還要和姥爺說說話。」我獨自上了樓，進到姥爺的病房。

玉嬌蓮的行動很迅速，第二天下午就把助力傘送到了。原來她在國外讀書的時候，認識了一個朋友，手裏就有一個助力傘。她把助力傘給我搞過來了，順帶還把那位朋友也請了過來，讓她教我操縱助力傘的方法。

當她們一起從車上下來時，我頓覺眼前一亮。兩個都是大美女啊！

「歡迎二位。」我迎上前去，笑臉相迎。

「這位就是你的老闆？」和玉嬌蓮一起來的女人卻皺著眉頭，有些怪異地看了看玉嬌蓮。

「我來介紹，這位就是我們陳氏集團的執行主席方曉先生。」玉嬌蓮拉著她的朋友，對我介紹道：「這位是我在國外認識的朋友，叫徐彤，是個飛行器發燒友。這次帶來的助力傘就是她的收藏。」

「呵呵，徐小姐，你好。這次真是麻煩你了。」我微笑著對徐彤伸出手。

「不客氣，方總，你叫我琳達就好了。」徐彤上下打量著我，「這棟房子真不錯，地理位置絕佳，風景很好。」

我領著她們進了大廳，請她們坐下喝茶。

徐彤說道：「東西在車子上，等下咱們找個開闊點的地方，我教你操作方法。

這傘是燒汽油的，操控很方便。」徐彤撩了撩長髮，看了看四周，點點頭道：「佈置得古樸大氣，方總的品味不錯。」

「集團的海外市場剛開始拓展，我經常要自己跑過去談業務，這次過來，就是把琳達送過來，我馬上就得回去。」玉嬌蓮抬起手腕看了看表，「我得走了，你有什麼疑問，儘管問琳達，她會幫你的。」

看著玉嬌蓮風風火火的樣子，我心裏有些失落，但是也很欣慰。我送走玉嬌蓮回到客廳時，徐彤正斜坐在沙發上，單手托腮，端著茶杯出神。

「徐小姐，一路奔波，辛苦了吧？」我含笑問道。

「這有什麼苦的，我天生就喜歡冒險，身體好得很。」徐彤明亮的眼眸眨了眨，問道：「你今年多大了？」

「十七歲。」我淡笑一下，岔開話題道：「徐小姐，我們現在可以去學助力傘了吧？我很著急，想儘快學會。」

「好的，那走吧，坐我的車子，你找個地方。」徐彤起身逕自向外走去。

我和她一起上了車，讓她把車開到紫金山半山腰的一塊開闊平臺上。

「這裏怎麼樣？」我問道。

「不錯，這裏正好，我們開始吧。」徐彤從後備廂裏把助力傘拖了出來。我上去幫她一起抬著，把傘包放到平臺中央。

「首先要把傘打開，鋪在地上，然後把助力發動機和螺旋槳背起來，紮緊帶子就可以了。打開開關後，就準備飛行。飛行的時候，通過拉拽兩邊的繩子來控制飛行方向，非常簡單。當然，在飛行之前，你最好穿上厚一點兒的衣服，做好防護措施。」

徐彤說話的同時，已經紮緊繩子，打開了開關。

「嗡嗡嗡——」徐彤背上的螺旋槳飛速旋轉起來，鼓起強勁的氣流，把後面的傘葉吹了起來。

「傘葉起來之後跑幾步，升空就行啦！」徐彤緊跑幾步，很快就離地飛了起來，越飛越高，幾乎變成了一個小黑點。

「還不錯。」我抬頭看著徐彤的身影，點了一根菸，靜靜地等她回來。

徐彤飛回來時，滿臉興奮的笑容。她將助力傘卸下來，對我招手道：「你來試一試。」

「好的。」我照她的樣子把傘背好，打開開關，拉著兩邊的繩線，緊跑幾步，果然兩腿一輕，飛了起來。

「好的，加油啊。開始升空的時候不要拉緊繩子，等飛起來了再拉，想往哪邊飛就拉哪邊。」徐彤站在地上大喊。

我嘗試著繼續向上升高了一點兒，才拉動繩子，控制助力傘的飛行方向。這玩意兒果然是傻瓜式操作，我放下心來，操控著助力傘下降，回到了平臺上空。

「把開關關掉，就可以降落啦！」徐彤大喊道。

我關了開關，很平穩地降到平臺上。

「哈哈哈，不錯啊，你很厲害嘛。」徐彤迎上來，一邊幫我卸裝備，一邊歡喜地誇讚我道。

「這個助力傘可以抵擋六級風，風再大就控制不了方向了。沒有風的情況下，裝滿燃料可以飛行三個小時。在需要長時間續航的時候，可以在腰上掛一個裝油的塑膠桶，把發動機的進油管子插到塑膠桶裏，就可以增加三個小時的續航時間。也就是說，最長可以飛六個小時。我就用這個穿越過多克多沙漠，很順利地完成了。」徐彤興奮地向我介紹她的裝備。

我發現她雖然沒有玉嬌蓮那麼柔媚，卻別有一種奔放的風姿，微微一笑道：「你怎麼會喜歡這個活動的？我一直覺得，這些冒險活動都是男人才喜歡玩的。」

「哼，我可沒有這麼保守。」徐彤招手讓我和她一起把傘包放回車上，然後丟了一瓶礦泉水給我，自己也打開一瓶，倚在車門上喝了起來，問道：「你準備拿這個東西做什麼去？我聽玉嬌說，你是要去探險？」

「呵呵，是有那麼一個打算。」我含糊地說道。

「你要去哪兒探險？能不能帶我一起去？」徐彤期待地看著我問道。

聽到徐彤的問話，我不覺一拍自己的臉，滿心無奈。最近怎麼有這麼多瘋狂的人，非要我帶他們去探險呢？我不想跟她解釋太多，隨口找了個理由，把她拒絕了。

徐彤顯然感到意外，她訕笑道：「那你現在應該可以獨立操作這個助力傘了吧？」

「差不多，我再練習一下，應該就熟練了。」我拉開車門，說道：「我請你去南城最好的飯店吃晚餐吧。」

「好吧，我也餓了，那就不客氣了。」徐彤坐進車子，側臉看著我問道：「怎麼走？」

「上海路，紫金大廈。」

我開始沉思起來。現在有了這個助力傘，就算是萬事俱備了。接下來，就可以去探查天坑裏的深淵了。我心裏還是有些緊張的。那個深淵裏，還住著一群神秘的人嗎？

「你的樣子很嚇人。」徐彤說道。

我這才驚醒，抬眼一看後視鏡裏的自己，這才發現，我已經是眉頭緊皺，滿臉凶狠的神色，我想得太投入了。

徐彤微笑道：「你倒是讓我挺好奇的。我原本以為你只是一個養尊處優的富二代，沒想到你的心思很深，處事也很老成，想必你是有過一些特別經歷的。」

「你最好不要對我有興趣。」我微笑道，看著車窗外飛速後退的樹木，撣了撣煙灰：「其實，我不是富二代，我的世界沒有人能夠理解，也沒有人能夠想像。」

徐彤笑了。我伸了個懶腰，問道：「吃完飯，你還有沒有什麼活動？」

「沒什麼活動。」徐彤微微一笑道。

「南城文化底蘊深厚，你剛來，可以多走走逛逛，感受一下這裏的人文氣息，我叫個人來陪你。別墅那邊我給你準備了房間，你要去酒店住也可以，錢我來付。」我說道。

徐彤有些好奇地看了看我，微笑道：「你果然很忙啊。你平時喜歡做什麼？」

「我喜歡——」我脫口而出，隨即又停了下來，因為，我悲哀地發現，我居然沒有興趣，沒有愛好，我的生活平凡而空虛。這怎麼會是一個十七歲少年應有的生活呢？實在是有些可悲啊。

我不好意思地看了徐彤一眼，說道：「好了，不談這些了。你是從事什麼工作的？」我也對她有些好奇。

「我是自由撰稿人，給很多雜誌撰寫旅遊和探險的文章，還寫一些專欄，都是和旅遊相關的。我一年到頭在全國各地跑，下一站準備去羅布泊。怎麼樣，你有沒有興趣一起去看看？」徐彤提起自己的工作，就眉飛色舞起來。

這時，車子開到了紫金大廈，我們來到頂層的包間，點了菜。

徐彤抿嘴笑道：「我想到了一個好主意。」

「哦，說說看。」我微微一笑，隨口問道。

「我想寫一篇關於你的文章。」徐彤欣喜地說，「我覺得你很神秘，你的經歷一定不簡單。」

「你是開玩笑吧？我只是一個普通人。」我隨口說道。

「不，你不是普通人。你能不能說一說你的經歷？」徐彤從她的皮包裏拿出了紙筆，準備記錄。

「這個，我實在沒有什麼好說的。」我有些尷尬地說。

「喂，你這個人，怎麼能這樣？我可是剛剛幫了你的忙。現在只是對你有一個小小的請求，你不會連這個都不答應吧？再說了，我寫文章的時候，用的都是化名，別人根本想不到你身上去。我只不過是請你提供一些素材而已，你怎麼這麼小氣？」徐彤豎著眉毛問我。

被她這麼一說，我真的不好拒絕了，只好簡單地將自己的身世講了一下。

「哇，太猛了，從小在山溝溝裏玩泥巴，結果十七歲成為集團老總，你是怎麼做到的？」徐彤兩眼放光地看著我。

這時，菜送上來了，我岔開話題道：「我們先吃飯吧。」

「不行，我先完成了訪談再吃！」這個女人居然挺霸道，「你繼續說。」她把飯菜推到我面前，「你要是餓了，可以一邊吃一邊說。」

我真的無奈了，但也被她的熱情感染了，不覺就敞開心扉，把自己經歷的一些事情大概說了一下。

「哇，太精彩了！古老江湖門派，民間鬼事高手，哈哈，太棒了！繼續，你繼續說。」

徐彤那癡迷的樣子，連我都有點嚇倒了。我只好多說了一點經歷，不過，重要的資訊我都沒說。

「你有沒有什麼法寶？」徐彤追問道。

「我沒有什麼法寶，就是力氣大一點兒，有兩把桃木劍裝裝樣子。」我打著馬虎眼。

這一頓飯，居然整整吃了三個多小時。直到菜都涼了，徐彤才隨意扒拉了幾口飯菜，然後一邊跟著我往外走，一邊繼續問我問題。

我實在被她煩得有些受不了了，打斷她的話道：

「徐小姐，我希望你不要再問了。來日方長，以後還有機會的。你問的很多問題，已經涉及我的個人隱私，我實在是不方便講。所以，我請你適可而止。」

「嘿嘿。」徐彤滿臉狡黠的笑容，說道：「那你答應我，明天晚上，再給我一段時間進行採訪，行不行？我答應你，不再詢問你的隱私，你看怎麼樣？」

「到時候再說吧。」我想明天我可就走了，你想煩我也煩不到了，就答應了她。

我們一起回到了別墅。徐彤上樓休息去了，我則是回到房間收拾行李，然後到外面把那個助力傘搬了下來，打包放好，這才放心地睡覺。

第二天，我起了個大早，卻發現徐彤正黑著眼圈，打著哈欠，不禁皺眉問道：

「你不是說先睡覺再整理筆記的嗎？怎麼搞成這樣子？」

「我太興奮啦，睡不著，寫了一夜，哈哈，別看我這個樣子，我一點都不睏呢，還要繼續奮戰。不過，咖啡沒有了，你能不能幫我再送一點兒來。」徐彤說道。

「你這樣對身體不好，我可不希望你病倒在我這裏。你還是去睡覺吧。」我把她送到房間裏。

我打電話詢問了一下情況，得知需要的東西都準備妥當了，就讓他們把東西裝車來別墅。沒多久，兩輛迷彩越野車就停在了別墅門口。

我把玄陰子叫了下來，讓人把我們的行李放上車，然後我開一輛越野車，帶上玄陰子，另外一輛車則跟著我，向青衣祠趕去。

第八十六章

鬼眼肉蝶

鬼眼肉蝶凌空飛行時悄無聲息，牠們行動謹慎，極為狡猾，
會趁獵物處於麻醉狀態或者睡著時進行偷襲。
而牠偷襲的辦法，就是用細長的口器，
一路戳進肚臍眼中吸食精血，同時釋放毒素，將獵物徹底殺死。

到了青衣祠後，我很快就找到了泰岳和鬍子。

泰岳這次又做了喬裝，像個退伍軍人，腰裏紮著牛皮帶，身上背著帆布大背包，還戴了一頂破舊軍帽。鬍子的裝束很普通，一身粗布衣服，腰裏掛著酒葫蘆，肩上扛著桃木棍，挑著一個花布包。當然了，他的那隻猴子肯定帶來了。

和他們會合後，我們一起回到越野車上。我和鬍子一輛車，泰岳和玄陰子一輛車，一前一後駛上大道，向河南境內駛去。

我開車子的當口，鬍子拿出了地圖，說道：「這個地方好像山挺多的。風門村在地圖上沒有標，你打了紅叉的地方，是不是就是我們要去的地方？」

「差不多就在那一帶，具體在什麼地方，還要靠老傢伙領路才行。」我聳聳肩。

「這挺遠的啊，咱們開車多久才能到？」

「要不了兩天。中間就在旅館住一夜，明天下午天黑之前肯定能到。放心吧，你睡覺養精神就好了，到吃飯的時間我會叫你的。」

「那好吧，我先睡一會兒。」鬍子說睡就睡，兩手一抱懷，沒多久就鼾聲震耳。

我有些羡慕地搖頭笑了笑。沿著公路一直開到夜深，我們才找了一家汽車旅館住下，第二天一大早繼續趕路。

第二天，太陽快要落山的時候，我們終於駛下公路，上了一條鄉間小道。向前開了一會兒，道路就顛簸起來，兩邊的地形高低起伏的。路兩邊只能看到密密匝匝的樹林，卻見不到人家。

「這是到哪兒了？」鬍子問道。

「前面應該就是望山鎮了，過了那裏，就到風門村了。」我答道。

風門村地處河南最西邊，已經靠近中部地區。這裏經濟不發達，民風彪悍。風門村附近是荒山野嶺，遠近數十公里只有零星的幾個小村落和一個很小的鎮——望山鎮。這個鎮雖小，但是已經存在很長時間了，名字一直沒有變過。

我們沿著山林土路趕了兩個多小時的路，天都黑了，不得不打開車燈時，這才看到路邊的山林裏有零星的燈火，在路邊看到稀落的民房，到了一條荒涼的街道上。

街道最中間的地方有一點兒瀝青，其餘部分都是白茫茫的土路，風一吹就起灰塵，比煙霧彈都凶猛。

夜色降臨之後，風也大了起來，呼呼刮得我們的車窗上瞬間遍佈灰塵，快要看不清路了。

空蕩的街道連路燈都沒有，只能靠路邊幾個店鋪的招牌勉強照亮。我們慢慢開著車子，找了半天都沒能看到一家旅館或飯館。街兩邊開著燈的店鋪，不是雜貨店就是賣豬飼料的。

無奈之下，我們下車進了一家雜貨店，一個身材乾瘦、臉上滿是皺紋的老大爺，正戴著老花鏡，趴在櫃檯上算賬。

見到我們進來，老大爺有些好奇地抬頭從老花鏡後面細細打量我們，疑惑地起身問道：「請問，幾位是幹什麼的？是不是市裡派來我們鎮考察的領導，錯過了宿頭？」

鬍子說道：「老人家，我們是路過的，想在你們這個鎮住一晚。我們找了半天，怎麼沒有看到一家旅館？」

「嗨，這個地方怎麼會有旅館啊？一年也不一定有人來住一次。」老大爺微笑道，「你們是做什麼的啊？」

「我們要到山裏去考察。大爺，我問你一下，這兒怎麼連個吃飯的餐廳都沒有？」泰岳上前問道。

「嘿嘿，小夥子哎，一聽你這話頭就是城裏人啊。咱們這個地方，誰有錢下館子啊？這兒逢集的時候，也就是街頭搭長棚，有個賣燒餅和豆腐腦的。」老大爺皺眉看著我們，「你們一共幾個人啊？」

「四個，外加兩輛車。」我說道。

「這樣吧，我看你們大老遠趕路也不容易，既然你們進了我的店，我就給你們安排吧。你們放心，我保證你們能吃飽飯，住得舒服。至於費用嘛，一個人一晚就一百塊吧。」老大爺道。

「那就麻煩您了，老人家。」我抽出四張票子，就要遞上去。

老大爺眼睛一亮，連忙一邊伸手來接，一邊對裏屋喊道：「小菜媽，有客人到了，你去把兒子和媳婦都叫來，讓他們把東邊堂屋收拾出來！」

「哎呀，好啦，我這就去。」一個頭髮花白的小老太太，扒著門看了我們一眼，轉身去了。

老大爺熱情地說：「幾位跟我去後堂屋吧，先打熱水洗洗腳。」

我們跟著老大爺到了後院，看到老太太正領著幾個年輕男女在忙活收拾著。屋子是瓦房，雖然簡陋，還算能將就對付。而且，床鋪褥子都是新的，這讓我們心裏很舒服。

老大爺讓他的老伴打水來讓我們洗漱，他拉著兒子走到角落裏，塞了張票子，低聲道：「你趕緊騎車子去老王頭家裏買菜去，要張羅八個菜，肉要多，快點去。」老大爺說完，這才滿臉堆笑地過來和我們聊家常。

「來，大爺，抽一根吧。」泰岳給老人家遞了一根菸。

老人家有些激動地接過去，點了起來，說道：「哎呀，多少年啦，鎮裏沒來過外人了。」

「老人家，你們的孩子都不在外面讀書的嗎？過年了，親戚朋友也不會來串門嗎？」鬍子有些好奇地問道。

「嗨，別提啦，出去讀書的娃娃啊，那是一去不回頭啊。過年嘛，親戚朋友更不可能到這鬼地方來串門子。你們不知道吧？他們說我們這地方不吉利。兩個年頭，瘋了四個，死了三個，還有好幾個人得了怪病，躺在家裏等死呢。他們說，誰住在這裏誰倒楣。」

我們不覺互相對望一眼，暗暗點了點頭。

「大爺，既然這個地方這麼古怪，你們為啥還不搬走啊？」我笑著問道。

「老人家，你把這些事情跟我們說，就不怕我們被嚇跑啊？」鬍子也笑問道。

「嗨，你們城裏人不是喜歡聽這些事情嘛。我可和你們說，這些可都是真事啊。我勸你們啊，不要在這裏待太久，說不定真會遇到什麼事情。」老大爺心地很好，說話很誠實。

「放心吧，老人家，我們會小心的。」我說道。

老大爺笑著起身，說道：「那你們先歇著吧，我去看看飯菜，好了我給你們端過來。」

我扭頭向玄陰子看過去，他正盤腿坐在床上，抽著香菸，一臉很享受的樣子。

「喂，快到地方了，你認出路沒？」我皺眉問道。

「急什麼，這才到哪兒啊？我可告訴你們，我們要去風門村的事情，千萬不要和這裏的人提起，不然的話，他們會以為我們要幹什麼壞事呢。」玄陰子又感嘆道，「嗨，都是那個鬼東西鬧的，這裏的人都快跑光了。我估計啊，要不了幾年，這裏也得搬空，沒人敢住了。」

玄陰子撣了撣煙灰，皺眉道：「今晚我們好好休息，明天好趕到那地方。山路不好走，爬山可不是開玩笑的。」

「嗨，不就是爬山嘛，我哪天不爬山。」翳子很不屑。

「到時候再說吧，好好休息就是了。」泰岳皺了皺眉頭，又問道：「這山裏頭沒人住著，應該有很多野獸吧？」

「都說了這裏是鳥不拉屎，就真的是鳥不拉屎啊。天上的大雁飛到這裏都繞彎走，不敢直接飛過去。山裏頭除了樹和草，鬼影都沒有。」玄陰子嘆了一口氣，

「動物比人敏銳，嗅到危險的氣息，早就撒腿跑了，才不會留下來等死。」

「那就不用擔心了。」鬍子打了個呼哨，把猴子喚進來，拍著猴子的腦袋說道：「你有沒有察覺到什麼危險？有情況的話，記得要發警告啊，不要把老子往死裏送，不然的話，老子敲死你。」

「唧唧吱吱——」猴子蹲在地上，兩隻前爪比劃了一下。鬍子一指床底，猴子就乖乖爬了進去，縮在裏面，連聲音都沒有。

「來來來，菜來了，大家趁熱吃啊。」老大爺和他的兒子一起端著飯菜走進來了。

我們請他們也一起坐下來吃，還開了一瓶老白乾。

鬍子看見老大爺的老伴和兒媳婦在門外站著，就叫她們進來，老大爺一揮手道：「娘們兒不能上桌，別管她們，我們吃我們的。」

趕了一天的路，吃飽喝足之後，大家一躺倒，很快就進入了夢鄉。

山裏夜晚風大，樹枝被大風吹得嗚嗚響，門板都被吹得不停晃蕩。

我聽著門板的晃蕩聲，迷迷糊糊地睡著了，做了一個夢。我居然變成了嬰兒，被一個女人抱在懷裏。那個女人的臉色很白，似乎抹了厚厚的粉，嘴唇很紅，眼睛細長，看著像是戴了面具。

「伢仔——」女人眯眼看著我，接著突然臉色一變，化作一個青面獠牙的鬼怪，張開血盆大口向我咬來，驚得我出了一身冷汗，猛醒過來。

我感覺身體裏似乎有一隻手，正在攪著我的五臟六腑，差點一口吐了出來。看來是晚上吃的飯菜不太乾淨。

我看了看其他人，他們都睡得很沉，似乎沒有鬧肚子的情況，不覺暗責自己太嬌氣，起身去方便了，回來繼續睡覺，這才很安穩地一覺睡到天亮。

我們吃了早飯，繼續開車上路。車子離開望山鎮，又過了兩個小村落，就拐進了一條荒草叢生的林間小路。小路一看就是很多年沒人走了，路中間有些地方甚至長起了小樹苗。

玄陰子這個時候開始認得路了，指揮我們開車的方向。四周雖然偶爾能看到一些房屋，卻不是已經倒塌成一片廢墟，就是長滿了樹藤荒草，景象很是淒涼。

沒過多久，我們來到了一個小村落。小村落早已沒有人住了，只剩一座座倒塌的房屋，藤蔓叢生的牆頭。

「穿過村子，大約走一二里地，就沒路了，要徒步前進了。」玄陰子說道。

我們進入了一片林木雜亂的荒地。看地形，這裏似乎原來是一片耕地，現在蒿草叢生，風一吹，波浪一般起伏，簌簌輕響。

越野車軋倒蒿草叢，又來到一片密匝匝的樹林邊上。我們下了車，收拾了所有裝備，每個人背一個大包，準備登山。

「助力傘怎麼辦？」泰岳問道。

「我來扛吧。」鬍子扛起助力傘包，將手裏的包裹遞給猴子，說道：「給老子拿好了。」猴子有模有樣地背起了包裹。

泰岳揮舞著開山刀在前面開路，玄陰子跟在他後面指路，我則帶著猴子走在最後。幸好山上有一些小路，雖然已經荒草掩徑，還是給我們的行動提供了不少便利。

中午，我們到達了山頂。舉目四望，發現萬山叢林，一片生機盎然，壓根兒就沒有鬼城死地的跡象。

在山頂休整了一番，玄陰子拿出望遠鏡，四下看了看，指著遠處一個山頭說：「應該是那邊了。」

看到那幾乎隱在雲層裏的山頭，我們不覺一陣洩氣。望山跑死馬，這山頭看著就很遠。我問道：「有沒有好走一點的路？」

「沒有了，這裏都是荒山，有條小路就不錯了。」玄陰子也有些無奈地皺了皺眉，看了看助力傘包，說道：「你不是有裝備嘛，要不，你先飛過去好了，我們慢慢走。」

「燃料不夠的。」我嘆了一口氣，咬牙將助力傘包扛起來，繼續向前走。

我們翻過了兩座山，又停下休息。

「真是怪事，這地方別說鳥，連一隻昆蟲都沒有，這可真是奇了。」鬍子四下探查著樹叢。

「不用找了，我早就留意過了，連一隻蒼蠅都沒有。」泰岳喝了一口水，皺眉望著遠處的山頭：「到了那裏，應該就能找到原因了。」

「這可不一定。」我點了一根菸，「那裏只是入口，後面的路還長著呢。」

當我們來到玄陰子指的那座山下，紅日已經開始西沉了。

「今晚上山進洞是不太可能了。」玄陰子咂咂嘴道，「我們先在這裏打尖，明早再進去。那個洞很深，不是很好進去。」

鬍子說道：「我看還有時間，不如直接上去吧，到洞裏再休息，那樣也暖和一點兒。這外頭有風，萬一再下起雨，可就有得受了。」

我們不覺點點頭，又咬牙往上爬，終於在天色黑下來的時候來到了山頂，看到了一個巨大的黑色洞口。山頂寒風料峭，樹枝被吹得嗚嗚作響。黑色洞口像一張大嘴，正等著送上門的食物。齊腰深的蒿草和灌木掩蓋住了洞口邊沿。

「這洞有多深，裏面是個什麼情況？」鬍子對玄陰子問道。

「少說也有上百米，以前底下是一片沙地，旁邊是一個橫向延伸的洞，裏面用水泥封口，後來牆開了，地上有很多碎石。」

我打斷玄陰子的話：「你不是說，這洞裏的東西已經被師門據為己有了嗎？當年你肯定還派人回來這裏搬過東西，這裏面的情況你肯定很清楚。有什麼怪異的地方嗎？你最好先和我們說清楚，免得等下出現意外。」

玄陰子皺起眉頭，蹲下來點了一根菸道：「洞裏還有一些軍火，我們沒要。現在裏面應該就剩軍火和白骨了。」

泰岳拿了一根繩子，將一頭綁到兩棵粗大的樹上，然後把繩子接得很長，扔進了洞裏。

「誰先下去？」泰岳回身搓搓手，看著我們問道。

「我先來！」我踏前一步，緊了緊腰帶，抓著繩子，試了試，又向鬍子要了一捆繩子挎在肩上，說道：「你們等我落地了，再跟著下來，兩個人一起下的話，說不定繩子撐不住。」

「那你小心點，落地之後就點火，我趴在邊上看著。」泰岳拍了拍我的肩膀。

我點了點頭，抓著繩子向下滑去，不過幾分鐘，已經深入數十米。我抬頭向上看去，黑色洞口，已經變成一個天窗，四下一片漆黑，只能看到面前的石壁。石壁是青黑色的，上面沒有青苔，很乾燥，踩上去很穩當，這讓我放心了一些。我一邊往下滑一邊低頭向下看，發現下面隱隱有些灰白色光影。

我不覺心裏一驚，莫非下面已經被水淹沒了嗎？那我們可就沒法去探測那個深淵了。

當我下到底部時，發現只有一個淺淺的小水潭，積水沒有淹沒側壁的洞口。我這才鬆了一口氣，連忙放開繩子，掏出打火機。

「嗤啦——」打火機燃起一束金黃的火苗。我從兜裏掏出浸了煤油的棉花。沒想到，一陣陰風突然從側面吹來，瞬間將打火機的火苗吹滅了。

我不覺心裏一凜，一把從腰裏掏出打鬼棒，瞇眼向前看去，正看到一大團濃墨一般的黑氣，正在側壁的洞口翻騰著。

「好凶！」我心裏暗道，連忙退後一步，也不點火了，伸手從背包裏掏出手電筒，豎直向上照去。

「收——收——到——到——了——」上面立刻傳來了泰岳的呼喊聲。

我鬆了一口氣，把手電筒向側壁的洞口照去，這才發現，在洞口的碎石地上，竟然散落著一大堆混亂的白骨。那些白色的腦殼齜著大板牙，斜躺在石縫裏，正用黑色空洞的眼眶直愣愣地看著我。

「怎麼？想動手嗎？」我冷哼一聲，緊握打鬼棒，瞇眼觀察，赫然發現數條黑色鬼影正圍在我四周，虎視眈眈地看著我。

「我給你們一個機會，能滾多遠就滾多遠，免得我不客氣！」我冷聲道，一抬打鬼棒，面色冷峻。

「呼呼呼——」我的話音落下，四周驟然刮起一陣陰風，那些黑色的鬼影在我周圍瘋狂地盤旋起來。

「嗚嗚——呀呀呀——」一陣陣淒厲的叫聲在空中響起，震懾心魂。

我冷哼一聲，一飛身，打鬼棒凌空攔腰砸中了一個黑色鬼影。

「嘰呀——」一聲淒厲的慘叫，那個鬼影立刻化作一片煙塵，隨風而逝。

「嗚嗚——哇哇——」其他黑色鬼影這才知道我的厲害，都飛身向側壁洞口飄去，瞬間消失了。

「哼，真是自不量力！」我拿著手電筒，左右照了照。就在我一回頭的時候，一張慘白的人臉，卻猛然出現在我的面前。

「嘿呀——」我不禁大叫一聲，本能地抬起打鬼棒朝那張臉砸過去。

「砰！」那張慘白人臉中棍之後，發出一聲悶響，斜飛了出去，摔在地上，發出一連串喳喳的聲響。

「嗯？這是怎麼回事？」我不覺一陣疑惑，用手電筒照了照前面。這才發現，我面前有一根木柱子。

木柱子不到一人高，柱子的頂端和我的脖頸平齊，而剛才那張慘白人臉，就是長在柱子頂端的。奇怪了，柱子上面竟長出人頭來，難道成精了？

我向滾落在地的人頭照過去，走近一看，原來那並不是人頭，而是一個足球大小的圓形猴頭蘑菇。

乖乖，這可把我嚇得不輕啊。這種猴頭蘑菇，是一種陰物菌類，只生長在陰氣極盛的地方，不會傷人，只是聚攏陰氣，然後漸漸長成一張人臉。但是，這種蘑菇的出現，也就證明了它所在的地方是不乾淨的。

「噗——噗——」這時，猴頭蘑菇竟然吹起了泡泡，發出一陣輕響。

「不好！」我連忙後退一步，伸手去摸陰魂尺，卻還是晚了一步。我剛抬手的時候，只覺得全身一陣刺痛酥麻，四肢立刻失去了知覺。

接下來，我卻清晰地感覺到，有一縷髮絲一般的東西，正在我的後脖頸上輕輕地摸索騷動著。一絲絲涼涼的感覺傳來，那些細絲貼著皮膚，從我的脖子上一直爬到背上，又一路向下向前繞，爬到了我的肚臍眼，開始往肚臍眼裏鑽。

我像一根木樁一般站著，一動都不動。我感覺到細絲鑽進了肚臍眼，纏住了我的腸子，兩個手掌一樣的東西也從我的腦後繞過來，涼冰冰地包住了我的頭臉。我這才猛喝一聲，出手如電，一下抓住了那兩個白色手掌，一把捏成了肉泥！

當猴頭蘑菇冒出「噗噗」聲的時候，我立刻想起了一件非常緊要的事情。陰物猴頭蘑菇平時雖不傷人，但是一旦遭到攻擊，就會釋放出一種可以麻醉攻擊者神經的毒氣，這種毒氣還會招來它的伴生物——鬼眼肉蝶。

而這種鬼眼肉蝶才是真正恐怖的陰物。這種東西凌空飛行時悄無聲息，牠們行動謹慎，極為狡猾，會趁獵物處於麻醉狀態或者睡著時進行偷襲。

而牠偷襲的辦法，就是用細長的口器，一路戳進肚臍眼中吸食精血，同時釋放毒素，將獵物徹底殺死。當遇到危險時，牠會迅速逃走，絕對不給對方攻擊的機會。

當猴頭蘑菇釋放毒氣的時候，我去摸陰魂尺，就是想防備鬼眼肉蝶的攻擊。但是，我隨即想到，只要我一動彈，鬼眼肉蝶定然會察覺到危險，逃之夭夭。

這樣的話，我不能在這裏把牠們除掉，牠們就會一直跟著我們，尋找機會對我們下手。那樣的話，我們接下來的路途可就麻煩了。

因此，我故意裝出已經被毒素麻醉的樣子，一動不動地站著，拿自己當誘餌，引鬼眼肉蝶上鉤。果不其然，鬼眼肉蝶飛到了我腦後，開始對我進行攻擊。牠吸血的時候，兩隻肉呼呼的翅膀會包住獵物，而我等待的就是這一刻！

我雙手快如閃電地猛抓，不會給鬼眼肉蝶逃開的機會。

「撲哧——」血漿飛濺，惡臭的氣息傳入口鼻，我猛地把鬼眼肉蝶摔到地上。低頭一看，這隻白白胖胖的大肉蝶長約一尺，兩片肉翅已經被我捏碎，此刻還在地上抽搐，翅膀上面依稀還能看到兩個黑色鬼眼。

我踏上一腳，將鬼眼肉蝶碾成肉泥，這才拿起手電筒，照了照猴頭蘑菇，只見它已經乾癟，變成一團灰色枯草了。

「呼——」我長出了一口氣，抬手擦了擦額頭的汗。

這個洞底的空間足有兩個籃球場那麼大，四壁是垂直向上的青灰色石壁，石壁平滑堅硬。洞底的地面上散落著很多碎石，還有很多白骨。中間的淺水塘清澈見底，塘邊只有一些雜草。

這裏看起來沒有什麼異樣了，但是，我感覺有人在暗處看著我，渾身毛毛的。

我掏出打火機，點了一小堆火，燒火的燃料，就是那些枯草。火苗跳躍，呼呼作響。

「情況怎麼樣了？」這時，繩子上又滑下了一個人，是玄陰子。

「這裏陰氣很重。」我皺眉道，「你們當年進來時，是不是這樣？」

「不是。不過，這很正常，這洞裏死過那麼多人。再說了，咱們還會怕這些玩意兒？」玄陰子走到火堆旁，四下看了看，點頭道：「氣息是有些陰冷，不過還好，不是很凶，小心一點兒就沒事了。」

「這洞裏的路，你都能認識吧？」我問道。

「差不多，應該沒有變化。不過，這裏構築的工事很多，地方很大，很多地方還有機關，我們當年也沒有全部走完，我儘量按照當年走過的路線走。」玄陰子從背包裏扯出一塊油布，遮到火堆上，又拿開，連續遮了三次，才對我說：「要他們把你的傘包也帶下來。」

「吱吱吱吱——」繩子上面下來了猴子。

「這畜生倒是挺快的。」玄陰子微微一笑道。

「唧唧——」猴子來到我們旁邊。牠在地上嗅了嗅，果斷撲到我剛剛踩死的那隻鬼眼肉蝶上，開始撿拾血塊碎肉。

「那是什麼？」玄陰子疑惑地問道。

「一個陰靈，被我除掉了，這猴子本來就是鬼猴，喜歡吃這些東西。」我含笑看著猴子，對玄陰子比劃道：「以前我把牠從山洞裏帶出來的時候，還只有這麼大呢。」

玄陰子點了點頭，瞇眼看著我說：「師兄確實教了你很多東西，這陰陽師門，還是要靠你才行啊。」

「其實我無心接管陰陽師門的。」我隨口答道。

「但是，這就是命啊。我不知道師兄有沒有和你說過，咱們師門的鎮派之寶，其實一共有四樣，陰陽尺配陰陽珠，方能施展陰陽法陣，可以斷生死、掌輪迴！」玄陰子認真地看著我。

我說道：「這個我倒是聽說過。不過，我現在想做的事，就是把姥爺的病治好，還有搞清楚我的身世。」

「呵呵，好啦，不說啦，我餓啦，咱們收拾一下，等他們下來一起吃東西吧。」玄陰子起身張羅起來。

「嘰呀——」這時，一直在撿吃地上碎肉的猴子突然尖叫一聲，「嗖」一躍三尺高，向側壁那個黑色大洞衝去了。

「什麼情況？」我和玄陰子一愣。

「快點，跟上牠，牠看到什麼東西了！」鬍子的聲音從頭上傳來，他正背著傘包墜在十幾米高的地方。

「不用擔心，我去追！」我掏出打鬼棒，拿起手電筒，也向黑洞衝去。

進了黑洞之後，一陣惡臭的霉氣撲面而來，噎得我一窒，緩了幾秒鐘才回過神來，繼續往裏跑。我見到前面地面上有一堆水泥碎塊，再過去，就是一堵被開了一個大缺口的厚水泥牆。

水泥牆後一片漆黑，手電筒照過去也看不到什麼東西。而在水泥牆前面的地上，那些水泥碎塊之中，卻散落了一些黑乎乎的東西。

我走近一看，不禁頭皮發麻，這些是一個個長著黑色頭髮的骷髏頭。再仔細一看，那些毛茸茸的不是頭髮，而是一種細如髮絲的黑色菌類。

我眉頭一皺，立刻想到，這個山洞之中陰氣極重，這裏的所有生物都已經變成了陰物，我們對什麼東西都不能等閒視之。

「撲啦啦——」一陣翅膀的拍擊聲響起，有數隻黑色大蝙蝠，展開雙翼足有兩尺長，當頭向我撲過來。

我聽到聲音的時候，就已經預計有危險，於是一貓腰，打鬼棒迅速砸出。「嘰——」一聲尖叫，一隻大蝙蝠猛地一掉頭，躲過了打鬼棒，迅速飛了回去。

一雙雙紅色眼睛在我的頭上盤旋。「赤眼鬼蝠！」我心裏一凜，暗道不好，正要脫身離開，側面一道黑影突然凌空向我飛撲過來。

「呼——」一陣陰風驟然刮起，黑影躍起數米高。我飛速後退，抬起手電筒一照，只見鬼猴二白正張牙舞爪，凌空向一隻赤眼鬼蝠飛撲而去。

「嘰——」一聲尖叫，赤眼鬼蝠動作很敏捷，寬大的黑色翅膀一扇，已經躲過了二白的抓撲。

二白也不是吃素的，牠抓撲的招式只不過是做做樣子，目的是引起赤眼鬼蝠的驚慌，真正厲害的殺招在後頭！二白突然全身一擰，長長的尾巴猛甩了過去。這一下，赤眼鬼蝠來不及躲閃，被尾巴砸中了腦袋。

「噗噗噗——」赤眼鬼蝠中招後翻身跌落到地上，不停地拍著翅膀，想再飛起來。二白已經緊跟而上，一把將牠撲在爪下，接著嘴一張，森白尖利的獠牙猛地咬下。

「咯吱——」一聲輕響，赤眼鬼蝠一陣抽搐，就徹底沒有了聲息。

「啵啵，嘖嘖——」二白蹲在地上，捧著赤眼鬼蝠啃吃起來。

「噓，二白。」我走上前，有些心虛地喚了一聲。

二白看了我一眼，表情很平靜。我鬆了一口氣，對二白招招手，喚道：「走吧，二白，咱們回去了。」

「咯吱，咯吱——」二白一邊啃咬著那隻鬼蝠，一邊跟著我往外走。

「什麼情況？」鬍子問道。

「還好，沒什麼大問題。」我拍拍他的肩膀，「二白不是很暴戾，就是太喜歡吃這些陰靈了，不知道會不會出問題。」

「沒問題的，這混蛋不知道喝了我多少壯陽酒，吃點陰靈肉有助於平衡。」鬍子將二白喚了過去，厲聲訓斥了一通。

玄陰子走過來，擔憂地問道：「沒出什麼事情吧？」

「沒事，您放心好啦。」鬍子發現泰岳還沒有下來，就問玄陰子發信號了沒有。

玄陰子訕笑一下，連忙去發信號。沒多久，泰岳也下來了。

我們很快就弄出了一頓香噴噴的飯菜，搭起帳篷，鋪著氈毯，圍坐著吃起來，氣氛很是輕鬆愉快。

鬍子問道：「怎麼這天坑外一個活物都沒有，洞裏面卻有很多陰靈呢？」

我說道：「我猜測，可能是這些動物受到這裏的陰氣浸染，不再懼怕深淵的怪異輻射了，就一直在這裏生活了下來。不過，牠們的本性早已變了，連生理結構都不同了。所以，與其說牠們活著，倒不如說牠們已經死了。」

「是這個道理，十多年啦，我也不清楚這洞裏都發生了什麼變化。不過，情況不會更好。這裏陰氣濃重，又離輻射中心最近，發生什麼怪事都是有可能的。咱們要多加小心。」玄陰子伸了伸懶腰，「我吃飽了，先睡了，你們也早點休息吧。」

「您老儘管睡覺好了，餘下的事情交給我們就行了。」鬍子對我說道：「我們三個人分班站崗，我值中間那段。」

「那我站最後一崗好了。」我看了一下時間，是晚上九點，就說道：「現在九點，泰岳你值到十二點，鬍子到三點。鬍子你值完叫我起來，咱們六點起床。」

「好。」鬍子又扒拉了幾口飯，抹了抹嘴，說道：「我先去睡了，到時間叫我。」

鬍子鑽進帳篷，摟著二白，很快就鼾聲震天了。

我也很快就睡著了。「咕嚕嚕——吼吼吼——」睡夢之中，耳邊傳來一聲聲怪叫。那聲音彷彿是有人在敲著大鼓，又好像是野獸在森林裏咆哮。

我想睜開眼睛，卻居然發生了久違了的鬼壓床。我似睡未睡，似醒未醒，有一坨肉肉的東西死死趴在我身上，壓得我喘不過氣來。那東西很重，而且它似乎控制了我的心神，我想動一下手臂都很困難。

「大同！」這時，一隻冰涼的手摸到了我的臉上。我心神一振，猛地睜開眼睛，看到鬍子正帶著二白蹲在我身邊。

「怎麼了？」我皺眉問道。

「換崗了。你剛才做什麼夢呢？牙齒咬得咯咯響，渾身抽搐，怎麼了？」鬍子問道。

「沒什麼，你睡覺吧。」我走到火堆旁坐下來，開始值夜。

我抬頭向上看，上面那個洞口此刻是一塊巴掌大的灰白色天窗。我背著手，沿著洞底石壁走著。石壁下都是沙石，走在上面發出「喀嚓喀嚓」的輕響。

我走到了淺水塘的另外一側。在這一側，淺水塘幾乎挨著石壁，想走過去的話，除非緊貼著石壁。我本想原路返回，又心血來潮，瞇著眼睛，張開雙臂，貼著石壁一點點蹭了過去。

這時，我的脊背和後腦勺都緊貼著涼涼的石壁。我不經意地看向淺水塘，赫然發現水塘裏居然漂著一具屍體。

「嗯？」我一愣，低頭想要細看，卻忘了我腳下只有不到半尺寬。我一低頭彎腰，屁股一頂石壁，瞬間就失去了平衡，向水塘裏撲了進去。

「撲通」一聲，我落入水中，冰冷的池水瞬間將我的衣服浸濕了。我一哆嗦，連忙伸手去撐水底，卻不想池水居然變得很深，我愣是沒能摸到底。

這怎麼回事？我抬頭向上望去，同時奮力蹬水，浮上了水面。

「呼——」我長出一口氣，發現四下一片昏暗，冰涼的水已經把整個洞底淹沒了，現在我就像在井底一般。

「不好，我又中招了，有東西在影響我的心神！」我咬牙皺眉，想用意志離開這個混沌的世界。

就在這時，一陣淒涼的歌聲傳來。我抬頭看去，只見一段白色的綢綾正飄飄蕩蕩地落了下來。綢綾入水，正好落在我面前。我伸手抓了過來，綢綾居然變得細長而沉重，似乎一直延伸到了水底。

那淒涼的歌聲也突然停了，又聽到一陣長笑，我赫然看到一個白色人影正從天而降。

「撲通」一聲，水花飛濺，一個面色很白的女人大睜著眼睛，漂在我面前的水中。

第八十七章

山體異變

「這怎麼可能？石頭怎麼可能長出毛髮？」

在我扯下黑毛的時候，下面的石壁居然微微顫動了一下，

就像感到疼痛一般。我立刻冒出了冷汗。

這個山體如果真的發生了異變，我們無疑是羊入虎口，自尋死路。

我細看那個女人，只見她身上穿著一身碎花粗布衣衫，她的眼睛細長，額頭很平，臉上有一個疤痕，像是一個字。那不是漢字，而是日文！

日本女人?!我心裏一震，還沒來得及做出反應，女人的身影已經緩緩向水底沉去，很快消失了。

這是什麼意思？我手裏拖著那條綢綾，一時間陷入了困惑。難道那個日本女人失蹤之後，並不是逃走了，而是跳進了天坑之中嗎？她既然有機會逃走，為什麼要尋死呢？她現在是在向我傳達什麼訊息嗎？

我一咬牙，拽著那條綢綾，一頭扎進水中，想去追那個女人。卻不想，發現水底下橫七豎八地躺滿了屍體。這些屍體有男有女，有老有少，很多屍體還在冒著黑血，他們都大睜著眼睛。

在屍體堆的中間，立著一根木樁，木樁上綁著一個女人。她正是我剛才見到的那個女人！我手裏的這條綢綾，就是用來捆綁她的！

「呼隆，呼隆——」水底躺著的屍體，突然都輕飄飄地立了起來，然後開始動了。它們有的搬石頭，有的抓撓石壁，更多的則是聚到木樁上的女人面前，它們似乎對她很感興趣。

「唔呀呀——」一聲嬰童的哭聲傳來，我扭頭一看，猛然對上了一雙陰厲的鬼眼！

「啊！」與這雙鬼眼對視的一剎那，我全身如遭電擊，猛地抽搐起來，不禁一口嘔吐出來。我猛地一翻身，卻發現自己正站在洞底的淺水塘裏，渾身上下淌著泥水。

「呵呵，這電警棍的力道還行吧？」我扭頭一看，玄陰子正蹲在淺水塘邊，手裏握著一根電警棍。

「你在做什麼？這是怎麼回事？」我疑惑地看著玄陰子。

「是我疏忽了，沒有及時注意到這裏的異常，害得你差點陷進去。」玄陰子微微一笑，站起身說道：「你先上來，把衣服晾乾了再說。」

被他這麼一說，我才覺得有點冷，連忙哆嗦著跑到火堆旁，脫下衣服搭在架子上烤，這才感覺暖和一點。

「到底怎麼回事？」我點了一根菸，鎮定了一下心神。

玄陰子抬眼四下看著，臉上的神情很怪異：「這裏陰力太強，再加上輻射的作用，岩石已經發生了變化啦。」他沙啞著聲音說，「你剛才是不是看到了什麼奇怪的東西？」

我皺了皺眉，問道：「當年，那個女人被你們抓住之後，你們是不是對她做過什麼？」

玄陰子冷冷一笑：「你覺得她的下場能好嗎？」

「那她後來到底怎麼樣了？」

「這個我也不太清楚，她是和師兄一起逃走的。從那以後，我就再也沒有見過她。」玄陰子哆嗦著手點了一根菸，「你是不是看到她了？」

「你怎麼知道？」我皺眉問道。

「嘿嘿，你既然問起她的事情，想必是看到了什麼。跟我說說吧，你都看到了什麼？」

「你不知道她去了哪裡。」我伸手到火上烤了烤，出神地看著火堆：「她就在這裏，沒有離開過。」

「什麼意思？」玄陰子疑惑地問道。

「她後來跳下來了。剛才我看到的，就是這樣。可能她也不知道自己應該去哪裡，所以，最後還是回來了，追隨她的同伴們長眠在這裏。」

「不可能的，她不可能尋死的。我曾經威脅要殺死她，她很害怕。她不可能輕生，她很怕死。」玄陰子有些不相信。

「她不是怕死，她是怕你對我不利。後來我被姥爺帶走了，她就沒有什麼牽掛了。她知道這個世界並不接納她，所以，她選擇結束自己的生命。」我不解地問道，「你剛才說這裏的石頭發生了變化，是什麼意思？」

「這是我剛才睡著的時候感應出來的。睡著的時候，我看到了很多幻象，像放電影一樣。我醒來之後，發現你在水裏掙扎，大概就明白是怎麼回事了。這裏的石頭也有一定的陰力，而且石頭有輻射，可以記錄下這裏曾經發生過的事情。我們睡著的時候，或者神經異常興奮的時候，就會受到這種陰性輻射場的影響，會出現幻象。」玄陰子咂咂嘴道，「這裏還只是洞口，就已經是這個樣子了，真不知道到了洞裏會發生什麼事情。」

「我會很小心的，就是不知道他們兩個怎麼樣。」我皺了皺眉頭，向泰岳和鬍子的帳篷望去，卻發現鬍子的帳篷已經空了。

「壞了，出事了！」我驚呼一聲，跑到鬍子的帳篷邊上，一把將帳篷扯開。人沒了，猴子也沒了，但被窩還是熱的，顯然離開沒多久。

我看了一下表，凌晨五點了。我掉進水塘裏的時候，大約是我起來半個小時之後。也就是說，我在水塘裏躺了近一個半小時，玄陰子才用電擊把我喚醒。而鬍子很有可能是在我掉進水塘之後離開的。

這裏根本沒有別的地方可去，他唯一能去的，就是側壁的洞口。我心一沉，連忙將泰岳叫了起來。

「鬍子他可能進到洞裏去了。我們的計畫要提前了。我們必須追上他，以免他發生意外。」我邊說話邊收拾東西，準備動身。

泰岳快速穿好衣服，背起背包，問道：「他進去多久了？」

「不知道，可能有半個小時了，我們得抓緊時間。」我看了一眼玄陰子，只見他站在側壁的洞口前，定定地向裏面看著。

「喂，你不收拾一下嗎？」我對他喊道。

「噓——」玄陰子卻轉身對我招了招手，說道：「你快過來看看。」

我好奇地走過去，赫然看到，山洞裏似乎燃起了大火，一片綠白。瑩瑩的磷火，白森森的骨頭，整個山洞被磷火照得通明。有風吹動，那些磷火隨風竄動，一路爬到石洞頂壁上才熄滅。

「怎麼突然有這麼多鬼火？」我不解地問道。

「想來是因為山洞裏長久沒有空氣流通，鬍子這一進去，帶起了風，這些白骨就燃起了磷火。好在這些火只是冷火，並無大礙，對我們沒有影響，還能照亮。」

玄陰子回頭看看我和泰岳，「你們收拾好了，咱們就出發啦。」

「你打頭陣吧。」我把手電筒塞到玄陰子手裏，和泰岳一起抬著助力傘包，跟在他身後。

玄陰子呵呵一笑，仍然拎著電警棍，踏步走進洞中。

「呼呼——」我們帶動了更多的空氣，那些磷火更加瘋狂地跳動起來，一時間，整個山洞一片白森森的光影。

我們很快就來到那堵水泥牆面前。

「從這兒進去，就算是正式進入山洞了。」玄陰子抬腳跨進去，抬起手電筒向裏面照了照，突然停住了。

「喂，你讓讓，你擋住我們啦。」我抬腳站到水泥牆缺口上。

「你，哎，進來看看吧。」玄陰子欲言又止地嘆了一口氣，側身讓開了。我拖著助力傘包，借著手電筒光一看，不禁感到毛骨悚然。

水泥牆的後面，是一個天然石洞。石洞的四壁上長滿了密密麻麻的黑色絨毛，就連我旁邊的殘破水泥牆上也長滿黑色硬毛。這些黑毛根根直豎，有的地方與石壁的褶皺糾結在一起，一眼望去，就好像石壁是一頭巨大的黑色野獸。

山洞的頂壁有十來米高，左右有五六米寬。我們彷彿進入了一個怪獸的口中，直通牠的腹中。

我愣了半天才反應過來。「這是什麼？」我冷聲問道。

「在陰力和輻射的雙重作用下，石頭發生了異變，整個山洞已經成為一頭巨大的陰靈。我們現在還只是看到了皮毛，再向下面走，會更加恐怖。」玄陰子皺眉說著，上去仔細看了看黑毛，點頭道：「這不是菌絲，是實實在在的毛髮。」

「這怎麼可能？石頭怎麼可能長出毛髮？」我有些不相信，走上去拔下幾根黑毛細看。在我扯下黑毛的時候，下面的石壁居然微微顫動了一下，就像感到疼痛一般。

我立刻冒出了冷汗。這個山體如果真的發生了異變，我們無疑就是在往它的肚子裏走。那不就是羊入虎口，自尋死路嗎？

「不要太擔心。」泰岳走上來，沉聲說道：「雖然陰變了，好在並不很嚴重，否則的話，我們根本就進不到這裏。何況，我們現在也沒有回頭路可走了，鬍子已經進去了，我們說什麼也要把他找到。」

「嗯，我們趕緊進去吧。」我再次抬起助力傘包，對玄陰子說：「你快點帶路。」

「好的，你們跟上了啊。」玄陰子拿著手電筒，向前小跑過去。

我們沿著山洞一直往下走，聽到一陣潺潺的流水聲從前面傳來。

「到了，鬼跳鬧。」玄陰子停了下來，「這是那些日本人喝水的地方，是一條地下暗河。我們要沿著這暗河走，上游有很多溫泉，那裏是當年他們主要活動的地方，空間很大。」玄陰子回頭看著我們：「這鬼跳鬧可有點邪乎，你們要做好心理準備。」

「什麼意思？」我疑惑地問道。

「到了你就知道了。當年我們之所以要把那些人全部消滅掉，也是因為看到了鬼跳鬧。」玄陰子一臉不堪回首的神情。

我們走了沒幾步，猛然覺得一股潮冷的濕氣撲面而來，只見那長滿黑毛的石洞已經到了盡頭，前方出現了一個空蕩的洞口。

玄陰子抬起手電筒向外照去，不覺一聲哀嘆。我和泰岳丟下助力傘包，也照過去，看到外面是一個非常廣闊的空間。

豎直的石壁有幾十米高，石壁上長滿了綠瑩瑩的絨毛，還爬著一些不停扭動捲曲的白色藤蔓。向上看去，壓根兒就看不到石洞的頂壁，只見到一條條白色藤蔓掛下來。

地下暗河的兩側河岸上，長著紅綠相間、深可及膝的絨毛。那些絨毛之中，盤曲著一片片、一團團骨白色的藤蔓。藤蔓層不停蠕動著，似乎正在尋找食物。

「這裏已經完全陰化了。」泰岳滿臉凝重地說。

「你說這暗河有些邪乎，不會是指這些絨毛和藤蔓吧？」我扭頭對玄陰子問道。

「不，現在這裏陰變了，長了絨毛，有些東西就看不到了。我們下去之後，應該就能看到了。」玄陰子低頭看了看這些絨毛和藤蔓，說道：「這些只是陰物，應該不會傷人，我們只管下去。」

我和泰岳拿出了繩子和鑿子，把繩子固定住，丟到洞外，讓玄陰子先下去，泰岳第二，我最後帶著助力傘包，很快也來到了底部。

落地之後，我向前一看，發現河灘大約有四五米寬，長滿紅綠相間的絨毛，在最靠近水邊的地方，有一抹濕漉漉的沙地，沙地上還顯示著水面上升和下降留下的痕跡。

原來，這些絨毛和白色藤蔓都很怕水。在地下河水能夠到達的地方，它們就停止了生長。我們來到了河邊，細看沙地和河水底部，發現沙地裏掩埋了不知多少白骨。

雖然經歷長久的歲月，流水終日沖刷，這些白骨依舊遍佈整個河灘，非常密集。再看河床，目光所及的範圍內，更是可以看到一具具扭曲的白色骨架。那些骨架的姿勢非常怪異，有的只有一半，有的捲曲在一起。

那些白骨上，大多數都捆紮著赤黑色的鐵絲，很多鐵絲已經銹蝕斷裂了。斷裂的鐵絲有的沉積在河床上，有的卡在骨架中間，有的埋在沙土中。我可以想像得到，當年這裏是怎樣的慘狀。

「這是用人肉沙包堆成的截流橋梁，當年的人為了渡河，已經不擇手段了。」泰岳冷眼看著河床上的累累白骨。

「哎，都過去了，現在憤慨也沒用啦，我們還是趕緊做正事吧。這裏陰氣很重，保不準還有什麼異變呢。」玄陰子說道。

我深吸了一口氣，托起助力傘包來到河邊，對他們說：「我直接游過去，你們可以嗎？」

「哼，大江大河都沒有怕過，助力傘不能進水，我和你一起抬著。」泰岳說道。

「不用擔心我。」玄陰子眯眼說道，「你們有沒有發現一個怪事？」

「什麼怪事？」我疑惑地問。

「我們到現在為止，都沒有見到鬍子留下的痕跡。他要是進了這個洞，從洞口下來應該要墜一條繩子才行。可是洞口壓根兒就沒有痕跡，而且河灘上也沒有腳印。鬍子好像沒有來這裏。」玄陰子緊皺眉頭道。

我和泰岳對望一眼，心裏一沉，連忙丟下助力傘包，拿著手電筒，四下查看起來。我發現，在岩壁下方的地面上，隱約有一行腳印向著上游走去。

我招呼了泰岳一聲，讓玄陰子待在原地看好東西，就急速沿著腳印向前追去。

「嗒嗒嗒——」沒跑幾步，一陣指尖敲打桌面的聲音傳來。我抬頭一看，峭壁上的絨毛叢中，有一大團藤蔓在扭動著。

這團藤蔓的異變更加嚴重，細長的藤條尖端進化出了蜘蛛腳一般的尖刺。此時，牠正用毛茸茸的尖刺腳爪，四下敲打著石壁，探測著什麼。

「小心！」泰岳在我身後一聲驚呼。

話音未落，十幾條毛絨尖角猛然如同利劍一般，凌空向我飛射過來。我原地躍起，向後空翻，堪堪躲開了尖角的攻擊。

「這是鬼腳蜘蛛藤，牠腳上的毛可以感觸到周圍的震動，然後攻擊獵物。」泰岳唰地抽出匕首，貼著石壁一點點蹭過去，突然用匕首在石壁上敲了一下。

鬼腳蜘蛛藤「嗖」的一聲，又伸出數條毛絨腳爪向他剛才敲擊的地方射過來。

泰岳眼疾手快，手起刀落，匕首寒光一閃，瞬間將那幾條毛絨腳爪切斷了。

「嘶嘶吱——」毛絨斷腳在岩壁上拼命抓撓著，留下了一條條白白的抓痕。

泰岳冷哼一聲，依法炮製，沒幾分鐘，已經將鬼腳蜘蛛藤上能夠活動的毛絨尖爪都給剁光了。那團鬼腳蜘蛛藤縮成一堆，蠕動抽搐著，如同一捆正在呼吸的管子，發出「撲撲」的悶響。

「快過去。」泰岳收起匕首，一拽我的手就向前跑。

只聽「嗤啦啦——」一陣碎響，岩壁上的綠色絨毛叢中，不知何時爬滿了背上遍佈黑白相間斑紋的巨型壁虎。那些壁虎晃著尾巴，鼓著一對大眼珠子，將藤蔓撕咬得汁水淋漓。

我們滿眼所見，是一大片黑白斑紋裹纏在一起，不停扭動的恐怖肉蛋團。

「別看了，快走！」泰岳拉著我沒跑幾步，又見十幾條長達一尺的巨型壁虎，正從岩壁上方急速向我們靠近。

「他媽的，膽子不小。」泰岳對我說道：「你先走，我來斷後！」

「好！」我拿著手電筒，捏著陰魂尺，繼續向前跑。岩壁和河灘之間的空地越來越窄，地面上的絨毛也稀疏起來。

地面很濕軟，翳子的腳印越來越清晰了，有的地方甚至被他踩出了一個黑色大坑。岩壁突起了一大塊，擋住了我的視線。我緊緊盯著腳印，繞過突起的石頭，還沒來得及抬頭，就聽到粗重的喘息聲響起。

我趕緊抬頭一看，赫然見到一個碩大黑影站在我面前，一雙血藍的眼睛正死死地瞪著我。耳邊猛地響起一陣風聲，一隻巨大的黑毛手掌已然拍到我的臉上。

「啪——」我被抽得一頭撞到了旁邊的石壁上，幸好有一層絨毛墊著，我的額頭沒有擦破。

「去死吧！」我立刻將手裏的陰魂尺向前戳去。

「噗——」一聲悶響，陰魂尺卻像戳中了一團棉花一般，一點兒著力的感覺都沒有。

耳邊風聲再起，巨大的巴掌又向我的腦門拍下來。泰山壓頂！這一下子能把我的腦漿拍出來，夠狠！

我立刻向後一跳，「呼啦！」一下落進了河水中。

「噗——」我掙扎著站起身來，出了一口氣，抬起手電筒向石壁照去，看到那個巨大的黑影正扯著岩壁上的藤蔓，向遠處跳躍過去了。

這到底是什麼玩意兒？

我心中的疑惑還沒有解開，卻覺得水底下突然有一雙冰涼的手爪死死地抓住我的腳腕，猛然一拖，我面朝下趴進了水中，手電筒也摔飛出去，掉在河灘上，照出一道淡黃色的光線。

我兩腿猛然一縮，拼命向後蹬踹，接著左腳搓右腳，右腳蹭左腳，很快就掙脫了那雙手爪。我一翻身，陰魂尺猛地向後掃去，陰魂氣場掀起了一片水花。

「劈啪——」一條長約一丈的巨大黑影猛地一個轉彎，迅速向河水的深處逃走了，在水面上帶起一個直徑足有一米的漩渦，水面良久才平靜下來。

「算你走運！」我皺眉咬牙道，回到河灘上，撿起手電筒，警惕地四下看著。

「你怎麼樣了！」泰岳這時追了上來。

「不是鬍子。」我皺眉說道，「情況不妙，這裏的陰靈怪物一個接一個。」

「我們又不是沒見過怪物，現在最緊要的是找到鬍子，他說不定已經出事了。」泰岳走到突起的石頭旁邊，仔細地看地上的腳印，點頭道：「確實不是鬍子的腳印，這腳上沒穿鞋子。」

「這是一隻巨大的黑毛怪物，力氣不小，毛皮很厚，動作敏捷，吊著藤蔓跑走了。」我向河對岸望了望，手電筒的光芒照著也看不到什麼東西，只好嘆了一口氣，說道：「我們先回去吧，說不定那邊會有新發現。」

回去的途中，我們又和那些巨型壁虎幹了一架。這一次牠們可就沒那麼好運了，陰尺氣場噴薄而過，瞬間掃下一大片雪白的肚皮。

等我們回到洞口下方的河灘時，發現玄陰子不見了！

我們仔細查看腳印，發現玄陰子向河流的下游走去了。我們追著腳印過去，很快在河灘上遇到了一團巨大無匹的藤蔓。這團藤蔓高約兩丈，一邊攀著石壁，一邊延伸到了河邊，儼然一堵幽靈之牆，將我們的道路完全擋住了。

「看腳印好像走進去了。」我們對望了一眼，搞不明白玄陰子是怎麼過去的。

「唧唧嘰———」一陣尖叫聲從頭頂傳來。我們抬起手電筒一看，赫然看見鬼猴二白正扯著藤蔓急速向前飛躍。

「找到了！」我心裏一喜，知道只要二白在，鬍子應該也在。

「唔啾啾———」我把手指放到嘴裏，打了一聲呼哨。這是鬍子召喚二白的哨聲。

果不其然，聽到呼哨聲，二白又扯著藤蔓，飛速向我們跑過來。

「唧唧———」二白落地之後，蹲到我面前，兩隻前爪不停比畫著，又扯我的衣服，向斜上方指。

「你的主人在那裏？」我不覺抬眼向上看去，發現岩壁上方大約五六十米高的地方，有一團巨大的黑毛球。

「莫非鬍子在那個黑毛球裏？」泰岳皺眉道。

「不錯，就是在那個玩意兒裏面。」藤蔓牆的另外一邊，傳來了玄陰子的聲音。

我和泰岳一愣，連忙喊道：「喂，你怎麼過去的？」

「嘿嘿，你忘記我的法寶了嗎？」

只聽一陣「劈劈啪啪」的放電打火聲傳來，只見藤蔓牆居然自動地分開了一條通道。

玄陰子手裏拿著電警棍，笑吟吟地走了出來，說道：「怎麼樣，比你的尺好用吧？」

「對啊，我都還沒見過你用什麼法器，難道你的法器就是這根電棍？」我疑惑地問道。

「嘿嘿，你不要以為我是老古董，什麼都不懂。這些年我研究陰力磁場，發現這些陰魂、陰靈、陰物，其實都是在陰力磁場的作用下才發生異變的。對付這種陰力磁場，最好用的就是電。這東西比任何法器都好使，普通陰魂要是被擊中，立刻魂飛魄散，而這些陰靈陰物嘛，只要電一下，就會讓道了。嘿嘿，小子，活到老，學到老，你明白了嗎？」

玄陰子有些得意地晃了晃電警棍，抬眼看著黑毛球說：「剛才我是被這隻猴子引著才到這裏來的。你們上去看看吧，我回去繼續看東西了。」玄陰子晃蕩著向來路走去。

泰岳冷哼一聲，拿出匕首，在那團骨白色的藤蔓牆裏劈砍出一條通道，我們一起來到黑色毛球下方。這裏沒有岩石裂縫，要想單憑雙手攀爬到那裏，除非是壁虎。

泰岳拿著匕首往石壁上捅插了一番，卻無法插刀進去。

「我有辦法。」我把二白召喚過來，從背包裏拿出一捆繩子，對牠說道：「這次不用我教你了吧？上去，找個結實的地方，綁起來，會不會？」

二白對我點了點頭，卻沒有伸手接我的繩子，而是攤開前爪，伸到我面前。

我一愣，心裏不覺暗罵，都這個時候了，這隻混蛋鬼猴居然還不忘做交易，只好伸手去摸草葉。

這時，我身後的泰岳卻搶上一步，一把抓住了二白的手爪，沉聲說道：

「這是什麼？」

我仔細一看，只見二白的掌心上居然直撅撅地長著一簇堅硬的黑色刺毛。

「別動！」我說完，小心地伸手捏住那些刺毛，用力一扯。

「唧唧戛戛——」二白尖叫起來，差點向我咬了過來。

「不要扯了，牠很痛，全身都抽搐了，這黑毛不是一般的東西。」泰岳擔憂地說，「說不定這種黑毛也會鑽到人體內。」

「要是那樣的話，鬍子就凶多吉少了。」

這時，「啪啪」一連兩滴黏黏的東西落到我的頭上，我抬手一摸，居然是暗紅的血液！

「完蛋了！」我和泰岳對望一眼，心裏焦急起來。

「二白！」我一把抓住鬼猴，將繩子的一端繞到牠的腰上，又掏出香草葉，全部都塞進二白的嘴裏，對牠大聲說道：「不管你的手掌有多疼，要是想救你的主人，你就給我爬上去，把繩子固定住！懂了嗎？你要是能做好這件事情，我就好好地獎賞你！」

二白轉身哧溜一下，抓著峭壁上的細長絨毛就向上攀去。我和泰岳緊張地看著二白的動作。只見二白在抓握的時候明顯有些無力，知道牠這個時候也不好受。不過，二白到底不是一般的猴子，牠忍受著痛苦，很快爬到了那團黑色毛球旁邊。

二白似乎對黑色毛球極為忌憚，根本就不敢靠近，牠找到了一叢藤蔓，將繩子繞了上去，固定住了。

我在下面抓著繩子試了試，發現很牢固，說道：「我先上去。」就迅速向上爬去。泰岳站在下面，拿手電筒給我照著亮。我很快就和二白會合了。

「二白，好樣的！」我抓住藤蔓，穩住身體，喘著粗氣，轉身看那團黑色毛球。

「咯吱吱」一陣繩子勒緊的聲響，黑色毛球晃動了幾下，我打開手電筒一照，只見毛球下方，正在滴著黑色黏稠的血液。

「情況怎麼樣？」泰岳焦急地喊道。

「看不清楚，我馬上過去看看。」我將手電筒插進口袋，一手抓著繩子，用腳蹬著岩壁，縮身蹲下來，準備向毛球撲過去。

「不要衝動，小心那些毛髮！」泰岳擔憂地喊道。

我一聲大叫，兩腿一用力，整個人橫飛了出去。身在空中，我張開雙臂，

「砰」一下死死地抱著了那團黑毛球，整個人趴在上面。

抓住毛球後，我立刻用雙腳狠命向這團糾纏的毛髮蹬進去。這時，我的手臂和臉上傳來一陣刺痛，只見有無數黑色毛髮正直直地插進我的皮膚。

「唔呀——」我頭皮一陣發麻，差點鬆手摔了下去。

我強忍著毒蜂螫咬一般的密集痛感，從腰裏摸出陰魂尺，陰尺氣場爆發出來，瞬間將已經鑽進我皮肉之中的黑髮驅趕了出來，一整團毛髮急速抽動著向側面退

去。

這樣一來，我立刻就失去了借力點，腳下一踩空，就向下掉去。泰岳驚得大叫一聲。

「放心！」我斷喝一聲，就在這團毛髮馬上就要脫離我的身體時，猛地一伸手，抓住了一大束毛髮，我就掛在這團黑髮下方晃蕩起來。

我收起陰魂尺，不顧這些毛髮對我的侵蝕，硬是抓著毛髮再次爬了上去，兩手一起用力地將這團毛髮向兩邊扒拉。扒開厚厚的毛髮叢，我摸到了一個肉實的身體，也聽到了劇烈喘息聲。

「鬍子！」我一聲驚呼，一把抓住那個身體的手臂，掏出手電筒一照，只見鬍子已經被這些毛髮纏裹得如同一隻巨大的蠶繭了。

「操你媽！」我大叫一聲，拼命去扯裹在鬍子身上的毛髮。鬍子眯著眼睛，滿臉猙獰地喘息著，他的嘴裏、鼻孔中已經鑽滿了黑色毛髮。

「嘶嘶——」鬍子的嘴巴被毛髮扯著，咧得很寬，臉上的肌肉都已經被勒得青紫了。他的脖頸更是被死死地勒住了。

沒想到，這些毛髮越扯越多，最後，我自己也被這些毛髮包裹了起來，像全身都被針扎一般，刺疼得灼熱火燙，痛苦不堪。

「嘶嘶，唔——」鬍子此時已經快到極限了。我真怕再拖上一兩分鐘，神仙也救不活他。

「鬍子，就算死，我也要和你死在一塊兒！」我艱難地掏出陰魂尺，伸手摟過鬍子，猛地爆發出一片陰尺氣場。

「嘶啦——」在陰尺氣場的強烈衝擊下，那團黑色毛髮如同炸開的煙氣一般轟然四散，把我和鬍子放開了。

我和鬍子都是腳下一空，墜落下去。我握著陰魂尺拼命向岩壁上插去，卻不想，不但沒能找到借力點，反而因為用力過猛，讓我和鬍子更遠離了石壁，想抓住絨毛延緩墜落的速度都不可能了。

我只好把鬍子扳到我的背上，自己面朝下，向著地面急速落去。這時，我腦子裏迅速閃過我落地後粉身碎骨的樣子。我真不該鬼迷心竅帶鬍子過來，現在真是腸子都悔青了。

「呼呼——」風聲在耳邊響起，二白也在「唧唧」尖叫。

「抓住繩子！」泰岳的聲音猛地響起，只見泰岳正斜拉著繩子，狂奔過來。繩子繃成一條直線，向我彈了過來。

我精神一振，用盡全身力氣一縱，一把抓住繩子，然後四肢並用，整個人掛到了繩子上。這時我猛然反應過來背上還有人，慌忙回身去抓鬍子，可是那裏還抓得住？我墜著繩子，像鐘擺一樣飛速擺盪過去了。

「操！」泰岳大叫一聲，鬆開繩子，快速向鬍子墜落的方向奔去。

我身在空中，一邊擺盪一邊下墜，回頭正看到鬍子像一塊長滿黑毛的石頭一般從天而降，重重地砸在泰岳身上。

「砰」一聲沉悶，鬍子和泰岳趴到了地上，翻滾了幾下，不動了。

「該死！」我以最快的速度盪到地上，轉身發瘋一般地向他們奔過去。

泰岳面朝下趴著，一點聲息都沒有，身上也看不出傷痕。我將他翻過來，他緊皺著眉頭，怪叫一聲。

「操你奶奶的，我脫臼了，你還拽！想疼死我啊！」

見到泰岳還有力氣罵人，我長舒了一口氣，抬手在他胸口輕輕打了一拳：「我操你媽的，可把我嚇死了！」

「你是趁著老子手動不了，占老子便宜是不是？你信不信等我起來，我揍死你？」泰岳臉上皮肉抽動著，硬擠出一個笑容，罵了我一句。

「你揍死我一百回都行，只要你沒事就行！」我幫泰岳把脫臼的手臂復位，好奇地問道：「人從這麼高的地方砸下來，就只脫了個臼，你是怎麼做到的？剛才我還以為你被砸死了呢。」

「哼，你想老子死啊？」泰岳坐在地上喘了口粗氣，揉了揉手臂，扭頭瞅了瞅鬍子說：「這狗日的，太他媽重了，我跳起來去接他，抵消了一部分下墜的衝擊力，落地之後，先是雙臂，然後是大腿，接連幫他緩衝，結果還是把我彈飛了出去。這次他要是死了就算了，不死的話，他欠我一輩子人情！」

「嗨，這個我會和他說的，我去看看他的情況。」我跑到鬍子身邊，查看之後不覺眉頭一皺。

「怎麼樣，死了沒？」泰岳緩過了起來，拿著手電筒慢慢走過來，向鬍子身上照去。

第八十八章

水怪大戰

魚怪的前肢足有兩米長，指爪尖端帶有爪刺，
魚怪張開獠牙森白鋒利的大嘴，伸出長長的舌頭，
發出淒厲的怪叫，急速地搖擺著隱沒在水面下的巨大長尾，
猛然躥跳出水面，猛地向筏子撲了下來。

鬍子仰面躺著，四肢攤開，全身上下還裹纏著許多黑色毛髮，有些已經勒進肉裏，把他割得鮮血淋漓。最恐怖的是，他的嘴巴、鼻孔、耳朵、甚至眼角裏，都塞滿了黑色毛髮，簡直就像唱京劇的人戴的假鬍子一樣，黝黑雜亂，血液黏連，看著像是一條黑色的舌頭。

「我操他媽的，死挺了吧？」泰岳不覺驚呼道。

「不知道，不過，估計也離死不遠了。」我深吸一口氣，伸手去扯那些雜亂的毛髮。泰岳也拿著匕首走過來，幫我一起清除。

「先把嘴裏的扯出來，不然他要憋死了。」泰岳抓著鬍子嘴裏含著的那束血淋淋的毛髮，用力向外拽。毛髮裏的血水被擠捏出來，一滴滴地順著泰岳的手流下來，落在鬍子的胸口上，染紅了一大片。

「咕唧唧唧唧——」隨著毛髮一點點地向外扯出，鬍子全身都繃緊了，肌肉僵硬如鐵，手臂上青筋暴起。

鬍子猛然睜開幾乎被黑色毛髮遮住的眼睛，猙獰地瞪著我們，臉上泛起一片赤紅，牙齒咬得「咯吱吱」亂響。本來就要扯出來的毛髮，被他這麼一咬，立刻又停住了。

「我操，你還愣著幹什麼？揍他丫的！」泰岳死死地攥著毛髮，騎坐到鬍子身上，按住了鬍子的一隻胳膊。

「吼——唔——」鬍子猙獰地悶吼著，全身猛然挺直，想把泰岳掀下來，兩腿拼命地蹬著地，一隻能夠活動的手凶狠地向泰岳臉上抓去。

泰岳只好鬆開那束毛髮，抬手擋住鬍子的手，用力把他的手按住，扭頭對我吼罵道：「你再不幫忙，他可就死定了！」

我這才反應過來，連忙上前幫泰岳按住鬍子的手，心驚地看著鬍子的臉，說道：「鬍子，你不要亂動，我們在幫你！」

「操你媽的，又進去了！」泰岳騰出手來，再次抓住鬍子嘴裏那束毛髮，用力往外拽。

「咯吱吱！」鬍子死死地咬著牙，怒目瞪著泰岳，就是不鬆口。

「打他，揍他腮幫子，把他的牙齒打掉！」泰岳對我嘶吼道。

「他都這樣子了，你還強來！你沒看出來嗎？你這麼扯，他很痛苦！」我的火氣也起來了，瞪著泰岳吼道。

「放屁！他現在被陰絲噬魂，知道個屁痛苦！你再不動手，等這毛髮全鑽進去，在他的血管裏紮根，就徹底沒救了！到時候，他就是一具行屍走肉，受陰絲的支配，你明白不！」泰岳吼道。

我這才醒悟過來，終於知道這黑色毛髮是什麼了。它們就是陰絲，是介於陰靈和陰物之間的一種極為凶戾的東西。在馬凌山的防空洞裏，我見過這種陰絲。只是，那些陰絲沒有現在的這種凶戾，用火一燒就沒了。

現在這種陰絲產生了異變，鑽進人體後立刻紮根，就算外頭的髮絲與本體斷開了，它們也可以汲取人體養分，重新茂盛地生長。隨著陰絲的生長，它們會將那個宿主全身的血肉都裹纏貫穿，最後，宿主體內都會填滿陰絲。到了那時，宿主就完全淪為陰絲的傀儡。陰絲噬骨可怕，但是，更恐怖的是噬魂！

我不禁在心裏暗恨自己的遲鈍，於是將鬍子的手臂用力壓按在地上，抬起拳頭狠狠地向鬍子的腮幫子上砸去。鬍子被砸得頭猛地一扭，不禁不住張開了嘴巴。

「好！」泰岳大叫一聲，用力拽出毛髮。

「嘿——」鬍子回轉臉後，卻再次猛地咬住毛髮，與泰岳抗衡。

「對不起了，兄弟！」我閉著眼睛，掄起拳頭，左右開弓，瘋狂地對著鬍子的臉一番打擊。

這一下，鬍子徹底失去了反抗的力氣，兩眼一翻，嘴裏汩汩地冒著血泡，面色鐵青地昏迷了過去。

見鬍子被我打得這麼慘，泰岳也有些心驚。他猛地一用力，終於將那束長約一米、黏著碎肉和血塊的毛髮從翳子嘴裏徹底拽了出來。

「呼，咳咳——」翳子立刻劇烈地咳嗽起來，胸口劇烈起伏著。

「好了，最關鍵的部位安全了，現在幫他除掉其他陰絲，要徹底拔除。你不要心軟，現在他還在昏迷，拔出來時他一疼，還能醒得快一點兒。」泰岳將手裏的陰絲丟到一邊。

本來翳子身上的毛髮就很濃密，經常被我笑話是毛人，現在被陰絲一纏，幾乎變成了一頭黑色大猩猩。我沒有時間細看那些黑毛到底是他的汗毛還是陰絲的斷根，我一律用力拔了出來。

「嘶——呼——」每拔下一束陰絲，昏迷的翳子就本能地急促呼吸，全身肌肉不停地抽搐。很顯然，他正在承受很大的痛苦。

忙活了半個小時，我和泰岳才將翳子身上的陰絲清除乾淨了，我們將那些陰絲堆在一起，點火燒了，這才坐下來休息。

「唧唧——」二白這時也下來了。牠對我伸出了兩隻前爪。

我這才想起來，牠掌心的陰絲還沒有清理，就招呼了泰岳一聲，讓他幫我抓緊二白，然後我用力地捏住那些短短的黑毛斷根，猛地拔了出來。

「嘰呀——」二白疼得跳了起來，幸好泰岳死死地按住了牠。

拔了好幾次，總算清除乾淨了，我這才讓泰岳把二白放開。二白立刻搓了搓手爪，發現果然不疼了，就對著我連連作揖，表示感謝。

「你自己身上怎麼樣？」泰岳喘了一口氣，問我道。

「一開始有些疼，好像也鑽進來一些，但是這會兒沒什麼感覺了。要不你幫我看看，我後脖子上有些癢。」我背轉身對著泰岳。

泰岳走上來扒開我的衣領看了看，拔出了一小束陰絲，扔到火上，說道：「沒事了。你的體質和我們不一樣，好像不太受這些陰靈的影響。」

「他這個樣子沒事吧？我們要不要給他弄點藥？」我對泰岳問道。

「最好的藥就是他自己的意志，你把他腰上的酒壺給他灌兩口就行了，那酒比什麼藥都有效。」泰岳淡淡地說。

我恍然大悟，連忙給鬍子灌了好幾口酒。

「咳咳咳——」果不其然，酒一灌下去，鬍子立刻急促地咳嗽起來，發出長長的嘆息，醒轉過來。

「方大同，我操你媽，你打老子那麼多拳，老子都給你記著！」鬍子睜開眼睛後，先就怒視著我，咬牙罵了一句。

我心裏一喜，一屁股坐到地上，笑嘻嘻地說：「等你好了再說吧。就你現在這個死樣子，還想找老子報仇？」

雖然醒了過來，可是鬍子的情況不容樂觀。他被噬魂陰絲大傷元氣，五臟六腑估計都被鑽得千瘡百孔了。

「幸好老子夠皮實，換了別人，早就死翹翹了。」鬍子乾笑道，「那玩意兒實在太凶了，我一個沒留神就被迷住了。你小子不是也中了招了嗎？你就是運氣好而已。」

我皺眉道：「你是不是在我掉進水裏、神志不清的時候離開營地的？你到底看到了什麼？為什麼跑到這裏來了？」

鬍子訕笑道：「我睡得迷迷糊糊時，聽到非常奇怪的聲音，就醒了。我一看，你小子悶不作聲地向山洞裏跑了過去，我擔心你出事，就追了上去。」

「放屁，我那時候掉在水裏呢，怎麼可能跑到山洞裏？」

「那就是我出現幻覺了，反正當時看得真真的。」鬍子說道。

「那你怎麼不叫醒其他人？」我皺眉問道。

「我不是還帶著二白嗎？這小傢伙可不簡單。所以，當時我就有些大意了，沒覺得很危險。我進了山洞，就看到你拿著手電筒，進了水泥牆的缺口，然後不見了。我就帶著二白一路追到了山洞最深處。操他媽的，山洞的盡頭就是懸崖，我沒收住腳，就摔下去了。」

「然後，我中途被那團黑髮給纏住了。你不知道有多邪門，那些東西怎麼扯都扯不開，越勒越緊，還往我嘴裏鑽，差點沒把我噁心死。當時我還以為自己肯定完蛋了呢。哎，不說了，越說越丟人，這算是陰溝裏翻船了。」

「得了吧，你給我早點恢復元氣，咱們還要繼續前進呢，你可別再給我們拖後腿啊。」我打斷髫子的話，起身對泰岳說道：「我們做個擔架，先把他抬回去。那邊就老頭子一個人，我們這麼久不過去，保不準又要出事。」

泰岳掏出匕首，砍下一大捆藤蔓，編紮了一個簡易擔架。我和泰岳一起抬著髫子走了回去，這時，髫子早已鼾聲震天了。沒多久，我們就回到了洞口下方的河灘。

玄陰子生了一堆火，正坐在火堆邊抽著菸，一臉悠閒。

「嗨嗨，救下來啦？情況嚴不嚴重？」玄陰子含笑問道。

「沒事，死不了。」我走到水邊，洗了洗手，招呼道：「打亂計畫了，肚子都餓了。咱們先吃點東西，等髫子睡醒一覺再走吧。」

「只要你不著急，我沒問題。」玄陰子樂呵呵地打開背包，開始給我們分發食物。

我和泰岳吃飽之後，開始籌畫渡河。地下河寬幾十米，而且中間似乎還很深。這種地下溶岩中的河流，底部暗流很多，很是凶險。冷不丁就會有漩渦和激流，渡河時如果不多加小心，後果絕對很嚴重。

「現在咱們沒有屍體鋪橋，只能想辦法做條船了。」泰岳皺眉道。

「做船要木頭，這可費事了。」玄陰子有些無奈地說。

「還不是你幹的好事？」我不禁埋怨道，「要是你能記起這裏有條河，我們會沒有準備嗎？」

「好了，這時候說這些都沒用了。咱們分頭行動，砍伐那些藤蔓來紮筏子。」泰岳掏出兩把匕首，丟給了我和玄陰子。

我砍藤蔓時，不忘瞇眼四顧，滿眼儘是陰冷黑氣。這裏的陰力幾乎是從土壤裏直接冒出來的，根本就分不清到底是亡者的怨恨，還是幽冥的預兆。

「唧唧嘰——」

「吼吼吼——」

「嚓嚓嚓——」

地下隱藏的陰靈陰物，開始發出聲響，活動了起來。一聲聲怪叫從不同方向傳來，偶爾有巨大的赤眼鬼蝠從我們頭上快速掠過。側面岩壁上，也不時有黑影躥過。四周一雙雙紅色的、綠色的眼睛，正躲在黑暗中觀察著我們。

這些陰靈，不知道有多久沒有見到過我們這樣生猛的活物了。它們還沒有來攻擊我們，是因為它們在懼怕，還是在等待著什麼？

我抬頭向側前方的黑暗望去，猛然覺得那邊的黑暗程度似乎比其他地方更加濃重深厚。那是什麼？我心裏一顫，抬起手電筒照過去，驚得差點叫出聲來。

我見到的，先是一個黑壓壓的、一丈多高的巨大圓球。再細看時，才發現圓球並不是一個整體，而是由無數拳頭般大小的肉條組成的冒著黑水的大肉球。

燈光照到肉球的時候，那東西立刻一陣扭動哆嗦，用那些肉條組成了一條斜伸出來的觸角，向著燈光的方向搖著。它們能夠感光！

我立刻用手擋住手電筒，回頭向泰岳他們望去。泰岳和玄陰子也正驚愕地立在原地。

泰岳醒悟過來，厲喝道：「把藤條都搬過來，快！那是陰變的地下蠑螈！」

「什麼？」我慌忙抱起砍下的藤條往回跑。

「陰變的蠑螈可以聚在一起，形成一個大怪獸，也能瞬間分散開來。這玩意兒殺都殺不死！」泰岳拖著一大捆藤條，一邊跑一邊喊。

「牠們叫分筋錯骨蟲，也叫不死肉。要是被牠盯上了，確實很難纏啊。」玄陰子補充了一句。

「咱們得抓緊時間了。這玩意兒估計已經嗅到我們的味道了。等會兒牠們爬過來了，我們要是還沒把筏子造好，不能渡河的話，麻煩就大了。」泰岳抓著藤條，麻利地穿插捆紮起來。

我和玄陰子也蹲下來趕緊幫忙。我們編出了一個四方架子，接著將剩餘的藤條都塞進去，充實了厚度，再用繩子把整個筏子都綁結實了，就算造好了。

筏子製作雖然粗糙，好在品質還算過關，足有三米長、兩米寬，承載我們絕對沒問題。

我和泰岳把筏子拖到水裏，先把助力傘包丟上去，回身去抬鬍子。就在這時，一陣腥臭濕氣撲面而來，只見擋在我們面前的藤蔓突然一陣脆響，全部都斷裂倒伏在地，一條似蛇非蛇、粗大黝黑如巨大螞蟥一樣的東西，蠕動著從藤條叢後爬出來，直向我們衝來。

「你們快上筏子，抬上鬍子！」我拔出陰魂尺，一下擋在這條巨大肉蟲面前。

「嘗嘗鮮吧，混蛋！」我揮出一道強勁的陰尺氣場，如同一道無形利刃，向不死肉劈去。

一陣肉質撕裂的響聲傳來，不死肉在我一擊之下，一陣劇烈顫動，猛地收縮成一大團鼓鼓囊囊的惡臭肉球，接著如同炮彈一般瞬間炸裂開來，無數細黑肉條漫天灑下。

「嗖嗖嗖——」細黑肉條落地後，立刻四下游躥，繞過我的身側，向泰岳和玄陰子衝了過去。

「你們小心！」我厲喝一聲，飛身衝過去，陰魂尺連連揮掃而出，將那些靠近他們的細黑肉條都擊飛了。

「你快上來！」泰岳他們終於安全地上了筏子，對我喊道。

我連忙飛身躍起，三兩步跳上筏子。我回身橫尺，警惕地看著岸邊，嚴防那些細黑肉蟲衝過來。沒想到，那些細黑肉蟲對河水相當懼怕，到了河邊就停了下來，再次聚集到一起，成了一個大肉球，蠕動著向黑暗中爬回去了。

「好了，安全了。」我鬆了一口氣，回身一看，泰岳正拿著一把工兵鏟劃水。我就坐到另外一邊，拿手划水。

「你可要小心了，水裏說不定有食人魚，咬得你只剩骨頭。」泰岳調侃道。

「扯淡，食人魚在亞馬遜河呢，我就不信這裏有！」我笑罵道。不過，我還是一邊划水，一邊緊握著陰魂尺，很警惕地注視著河面。

筏子到了河中央，水流有些急了，我擔心地對玄陰子說：「注意抓緊鬍子，可別掉下去了。」

「放心吧，我用繩子把他捆上了，保證掉不下去。」玄陰子笑道，把手電筒夾在胳肢窩下，坐在筏子前面，充當探照燈。

我忽然看到，筏子後邊的水面上似乎有一團白乎乎的東西。我心裏一凜，再仔細一看，那是一團沒有綁紮結實的藤條，從筏子上脫落了，跟著筏子漂著。

我這才放下心來，擦擦額頭的冷汗，點了一根菸，鎮定一下心神。可是，我剛抽了一口菸，回頭再向筏子後望去，卻發現剛才還漂著的那團藤條竟然不見了！

這是怎麼回事？莫非剛才是我眼花看錯了？或者是那團藤條已經順著河水漂遠了？

不，不可能，這麼短的時間，它絕對漂不遠。它的突然消失，只有一個原因，那就是，有東西把它拉到水底了！

我不禁心裏一沉，剛想回身警告大家，卻不想，手電筒往旁邊的河水裏一照，就赫然看見在筏子下面的河水中，有一大塊白乎乎的東西，那東西比筏子還要大，牠似乎正在跟著我們的筏子游動。

「劈啪——」側後方傳來水花聲，我抬頭一看，看見河面上有一個小漩渦正隨著水流消散。

「不好！」我冷喝一聲。

「怎麼了？」泰岳停下划水的動作。

「看水裏。」我沒有轉身，緊緊地捏住陰魂尺。

「我操，這是——」泰岳和玄陰子都看到了那團白色東西。

「小心，底下那個暫時還沒有什麼大礙，危險的在後面，來了！」我沉聲說道。

筏子後方的水面上，露出了一溜十幾個三角形的巨大魚鰭！

「我操，是鯊魚啊！」泰岳明顯有些興奮地掏出手槍和匕首，咧嘴笑道。

「這是淡水河，又是地下河，要是能出現鯊魚，那就是成精了。」我冷冷地看著那些越靠越近的魚鰭，「我們一左一右防禦，牠們不一定是衝著我們來的。」

玄陰子這時把手電筒往筏子上一綁，從泰岳手裏拿過工兵鏟，替換泰岳划水。

「劈啪——劈啪——」水底兩條粗大的黑影，向著那團白色的東西衝了過去。

「咕嚓」一陣悶響從水下傳來，緊接著是一陣劇烈的水浪翻湧。河水泡沫亂翻，白花花一片，完全看不清狀況了。

「砰——」我們的筏子猛地被什麼東西重重頂了一下，差點側翻了。

「站穩了！」我大叫一聲，連忙矮身緊緊抓住筏子上的藤條，穩住身體，用手電筒對著河水一照，只見我們筏子周圍的河水已然變成了一片紅色，一股股煙霧一般的血絲正升上來。

「劈啪，劈啪——」後方的河面上，巨大的三角形魚鰭正圍著一個地方來回游弋，不時抬起尾鰭拍擊水面，向水下衝去，水面上起了一個個血紅的漩渦。

「還好，不是衝我們來的。」泰岳收起了手槍。

「那團白東西是什麼？」我有些疑惑地問道。

「那是一條陰變的大河豚，那群陰靈虎鯰已經把牠啃得骨頭都沒了。」玄陰子皺眉道，「我記得以前這條河沒有這麼寬。我估計，這山洞裏後來應該是漫過水，所以這河變寬了，河裏的東西也多了，說不定水蟒巨鱷什麼的都有啊。」

就在這時，筏子突然停下了。

「你別光顧著說話了，趕緊划水。」可是當我看向玄陰子時，玄陰子也正納悶地看著四周，他根本沒有停止划水。

泰岳連忙過去，接過工兵鏟，用力划了起來。可是筏子卻像紮了根一般，停在原地，不停地打轉。

「恐怕底邊被什麼東西掛住了，我下去看看。」泰岳開始脫衣服。

我不禁有些擔心，剛要出聲，玄陰子忽然把手指放在嘴邊對我們「噓」了一聲，接著抬手指了指筏子的一角。

我們下意識向那邊望去。那裏正好處於手電筒的餘光之中，光線有些黯淡，卻還是能夠看得很清楚。那裏有一隻濕滑油膩、黑亮肥胖的手爪，正抓著筏子的一角，把筏子拉得微微有些下沉。

泰岳默不作聲地對我們揮揮手，示意我們不要動，他悄悄掏出匕首，身體微微前傾，將匕首一點點送到那隻手爪的上方，接著一點腳尖，凌空而下，匕首貫穿了手爪，插進木筏的藤條中，將手爪固定在了筏子上。

「轟隆——轟隆——」一陣陣拍水聲傳來，筏子被那隻黑手拖得四下亂搖，差點就翻了。

「你幹什麼？放牠走，不要惹牠！」我蹲下身，死死地抓住鬍子，對泰岳急聲喊道。

「哼，算牠走運。」泰岳一抽匕首，鬆開了那隻黑亮的大手爪。

筏子旁邊的水面上翻騰起一片水花，一個黑影從水中冒了起來，豎起一人多高的巨大身軀，向我們的筏子砸壓過來。

「唔呀——」一個宛如孩童的淒厲尖叫聲響起。

我們抬頭看去，只見那是一個通體黝黑發亮、圓頭大腦、張著闊口、背上豎著一條刺葉般的青色魚鰭的半人半魚樣子的怪物，鼓著一雙藍幽幽的大眼珠子，揮舞著兩個粗笨的巨大手爪。牠的一隻手爪被扎穿了，此時正黑血淋漓，皮肉外翻。

這個怪物的上半身至少也有一兩噸重，如果趴到筏子上，筏子肯定支撐不住。我們要是全都落下了河裏，那麻煩可就大了。

泰岳冷喝一聲，橫向一踏步，正對著魚怪，雪亮的匕首已經刺了過去。

魚怪突然停下了前撲的動作，抬起巨大的手爪，向泰岳抓掃了過來。我不覺一驚，沒想到魚怪智商居然頗高，牠知道了匕首的厲害，不再莽撞地直接撞過來了。

魚怪的前肢足有兩米長，巨大肥厚的指爪尖端帶有爪刺，揮舞起來呼呼生風。饒是泰岳凶猛異常，也根本不敢硬拼，只好一矮身，向後躲去。

魚怪張開獠牙森白鋒利的大嘴，伸出長長的舌頭，發出淒厲的怪叫，急速地搖擺著隱沒在水面下的巨大長尾，猛然躥跳出水面，身軀像一頭犀牛那麼大，猛地向筏子撲了下來。

這個時候，由於牠掀起的浪太大，筏子已經顛簸了起來。

「嘰呀——」一直瑟縮在筏子邊角的鬼猴二白突然尖叫起來，接著向上一躍，猛地迎上了魚怪，向魚怪的黑皮咬去。

「呼啪——」魚怪的身軀太大，躍起之後，沒能砸到筏子上，反而從筏子上飛了過去，只有尾巴的最後一截砸到了筏子邊上，把筏子砸得翹了起來。

「我操，什麼情況！」這時，鬍子也被驚醒了，驚恐地抓著筏子的藤條。

「你抓穩了，不要掉下去！」我趴在筏子上，好歹將筏子穩住了，這才說道：「你們趕緊划水，牠再敢出來，我來對付牠！」我一手捏著陰魂尺，一手把泰岳的手槍也拿了過來。

泰岳和玄陰子連忙手腳並地用划水，筏子迅速向前推進。

「喂，剛才那是什麼東西？」鬍子完全清醒了，接著一拍腦袋道：「我好像看到二白跟著那東西一起掉進水裏了！」

我們不覺心裏一凜，這才想起來二白確實是和魚怪一起掉進水裏了，而且到現在都還沒有出來，估計是凶多吉少了。

我為難地皺了皺眉頭道：「這裏太危險了，已經顧不上二白了。你就不要再給我們添亂了。」

鬍子冷哼一聲，艱難地坐了起來，接著打了一聲呼哨。我還以為他是太捨不得二白了，以這種方式給牠送行。

可是沒想到，鬍子的呼哨聲剛落，卻見後面的河面上猛然掀起水浪，接著，一個巨大的黑色軀體從水底緩緩地浮了上來，挺著灰白的肚皮。一個猴子腦袋也伸了出來，前爪翻飛，不停划水，向我們的筏子游過來。

我們不覺滿臉驚愕。這隻鬼猴居然可以搞定這麼大個頭的凶戾陰靈，而且還是在水下搞定的。牠是怎麼做到的?!

「二白，快過來，讓我看看，傷到沒。」鬍子滿心歡喜地對著二白招了招手，將牠拉上筏子。確定二白沒有受傷，他才鬆了一口氣，掏出一片草葉，塞到二白的嘴裏，說道：「犒勞你的，去吧，一邊晾毛去。」

鬍子得意地枕著胳膊躺了下來，瞪著我說道：「怎麼樣，看到沒？」

「看是看到了，不過沒看清楚。你能告訴我，這小東西是怎麼搞定那玩意兒的嗎？」我怔怔地問道。

「哼，你等著看吧，到時候你就明白了。」鬍子咧嘴一笑。

我撇撇嘴，抬眼向對岸看去，發現快要靠岸了，狠狠地長舒了一口氣，一顆心總算落了地。

沒多久，我們都安全上了岸。我們在河灘上休整了一下，鬍子勉強能站起來了。

過河之後沒走多遠，地面上的細綠絨毛稀疏起來，然後到了亂石成堆、白骨散亂的荒蕪地帶。抬頭向上望去，看不到洞頂有多高，一片漆黑空曠。四周一絲風都沒有，嗅到的都是霉臭腐爛的氣息。

穿過一片石林後，我們見到了一堵青灰峭壁。峭壁下方有一個巨大拱形門，厚重的石門已經敞開，石門的四周和上方，有很多黑乎乎的洞口。這就像一堵城堡的城牆，那些洞口都是用來向外射擊的槍口。

「從這裏進去，就是地下堡壘了。」玄陰子說著，抬起手電筒照了照槍眼密佈的峭壁道：「他們以為可以利用峭壁擋住攻擊他們的人，卻沒有想到，就是這些槍口害死了他們。」

鬍子不覺好奇地問道：「這話怎講？」

「我們陰陽師門的陰支弟子，都兼修用毒之法，這些槍口正是毒氣的最佳入口。」玄陰子瞇眼微微一笑，向拱形門走去。他故地重遊，心情輕鬆愉悅，之前遇到的危險早已扔到了腦後。

石門後面是一處被掏空的山體，空間非常大，頂壁有十幾丈高。巨大的石室中央，是一座金字塔一般，層層疊起來的石頭堡壘。堡壘也是依照碉堡的樣式設計，頂層是瞭望台，四周都是射擊孔洞，底部只有一個狹小的入口。

回身看背後的峭壁，上面呈「之」字形構築了很多吊橋，吊橋上的峭壁也佈滿射擊孔洞。石室之中，視線可及處，都是堆積如山的彈藥箱。就連石室的地上，還丟著一些已經銹蝕成了爛鐵的槍枝。

玄陰子冷笑道：「當年，要不是我釋放的毒氣劑量不足，我們壓根兒就不會有傷亡。可惜的是，他們之中有一個老人一直在指揮戰鬥，而且他還戴著防毒面具。不過，後來，他還是被師兄一刀斬掉了頭顱。」

玄陰子走到堡壘邊上，開始繪聲繪色地給我們描述當年的事情。

我的心情有些複雜，有些不敢繼續走下去了。因為，我擔心探索到最後，只是找到了自己是一個日本人的證據。現在我唯一的希望就是，能夠在深淵下面找到通往異世界的入口，成功地將自己歸類為來自玄異空間的外星人。

我拖著助力傘包，向前走過去，說道：「不要耽誤時間了，快點帶我們去洞底。」

「洞底還遠著呢，」玄陰子指了指石室後面的黑色洞口，「進了那個洞，要連續下三四層，才能到他們生活的場所。那裏還有一個秘密入口，才能到達最底層，不知道那個入口現在還通不通。」

我瞇眼向石室後面看去，發現洞口氤氳著濃墨一般的黑氣，石門之中似乎還散發出亡靈的氣息。這種感覺，是我從來都沒有過的，那是一種來自地獄的召喚。

「你們有沒有發現一個奇怪的現象？」泰岳皺眉道，「剛才在河兩岸的陰靈很多，地上長著鬼草。怎麼到了這裏，反而沒有動靜了？」

我也疑惑地點了點頭，皺眉道：「我猜測，這裏之所以沒有什麼異常，很有可能是因為這裏不靠近水源，陰靈一旦離開了水就沒法存活。所以，在地下河附近陰靈肆虐。雖說這裏的陰氣很重，可以形成陰靈，可是陰靈無法在這裏存活。」

可是，我的話音剛落，突然一陣「嗒嗒嗒」的聲音從石室中央的金字塔形堡壘裏面傳了出來。我們不覺神情一凜，不自覺地湊到了一起。二白則躡手躡腳地走到金字塔下方的洞口，趴在地上，伸頭向裏面看了看。

只聽「轟」一聲悶響，一大團黑紅相間的東西突然從洞口鑽了出來，瞬間將二白包裹了起來。

「嘰呀——」二白頓時發出淒厲的尖叫，帶著那團東西在地上打起滾來。

我們仔細一看，這才發現那團東西是一大群個頭有拇指大小的黑紅屁股的大螞蟻。那些螞蟻每一個都有十釐米長，簡直像是巨大的甲蟲。牠們有森寒鋒利的鋸齒形口器，一口咬下去，和龍蝦的巨螯沒有什麼區別。

二白也不知道被咬了多少口，好在牠毛髮濃密，螞蟻一時間沒有把牠咬碎，但是頭臉和四肢的傷痛也足以讓牠發狂了。我們愣了兩三秒鐘才醒悟過來，連忙一起向二白衝過去，想把牠救出來。

我們衝到堡壘下，只聽得一陣密集如落雨般的「嗒嗒嗒沙沙沙」的聲響傳來，接著，只見金字塔上的所有洞口裏，一齊鑽出了一股股黑紅相間的陰靈螞蟻群。蟻群顯然長久沒有吃過東西了，在嗅到我們的氣味之後，如同烏雲壓頂一般向我們衝來。

如果蟻群對我們形成合圍，就會把我們啃得只剩骨頭了！我們都驚出了一頭冷汗。

「你們去把助力傘帶上，趕緊向石洞撤，二白交給我！」我手捏陰魂尺，爆發出強勁的陰尺氣場，蟻群驅散開來，向著二白衝去。

泰岳一拉玄陰子和鬍子，急速後撤，托起助力傘就沒命地向石室後面衝去。蟻群發現了他們的動向，「咕呀呀」地敲擊著鋒利的口器，向他們追了過去。

我來到二白身邊，用陰尺氣場驅散乾淨了牠身上的螞蟻，只見牠已經血肉毛髮模糊了。我心裏一陣驚慌，暗想莫非牠就這麼死了？這時，二白發出一聲低沉的叫聲，緩緩地舒展開了身體。

我感到一陣慶幸，這鬼猴子真夠機智，牠抱緊了腦袋，身體縮成一團，護住了腹部，使得五臟六腑沒有被拖出來。不過，那些瘋狂的螞蟻，不到一分鐘就將二白的脊背都咬爛了，二白的尾巴都快斷了。我將牠托抱起來，扛到肩上，向泰岳他們追去。

「呼——」我剛要繞過堡壘時，突然一陣腥風撲面而來，幾十隻大如香腸的螞蟻正展翅從金字塔頂端飛下來，向我包圍過來。牠們身體的顏色不光是黑紅色，還帶著黃色斑紋，更顯得猙獰可怖。

我猜牠們應該是陰靈蟻王的近衛軍。現在牠們遇到了強敵，這些最凶狠的精英部隊就出動了。

我正準備一尺掃過去，將牠們直接拍死，卻不想這些螞蟻突然停止了下降，停在了我的上空，只聽到「呲呲呲」一陣細響聲，無數酸水噴射而下，落到了我的頭臉上，立刻把皮膚灼燒得起了泡。

「我操！」我這才意識到自己中計了，撒開腿拼命向前跑。

這些飛天螞蟻當然不會輕易放過我，牠們追著我飛著，對我不停噴射灼燙的酸液。不過，由於我急速奔跑著，牠們無法準確命中我了。

我繞過了堡壘，用陰尺氣場繼續驅散蟻群，向石室後的石洞口衝去。這時，我一手捏著陰魂尺，一手抓住肩頭的二白，手電筒只能夾在胳肢窩下，手電筒的燈光斜照著我的側前方。因此，我並沒有看清楚石門的狀況，就飛身向前一躍，想儘快甩掉追擊的空軍部隊，結果，我一抬頭才發現，石洞的門已經關上了！

「咚」一聲悶響，我只覺得像被閃電擊中一般，一陣白光閃過，腦門上一陣劇痛，再接著整個腦袋都木了。我身體一晃，就倒在了地上，瞬即淹沒在蟻堆之中。

如果我立刻失去知覺，昏厥了過去，感覺還會好受一點。可是，我的大腦還在接收著資訊。陰靈鬼蟻對我體膚的噬咬造成的刺痛感傳了過來，我可以清晰地感受到，身上的肉正在被一小塊、一小塊地撕落下來。

螞蟻噬咬的同時，在我的皮肉之中注入了酸液，我簡直能聽到肌肉被溶解的聲音。我想伸手抓撓，卻發現四肢都動不了。我在又痛又癢的感覺之中慢慢地失去了意識。

不知道過了多久，我才勉強恢復了一點神志。神志恢復的一剎那，遍及全身的刺麻酸痛傳來，連骨頭都幾乎要碎裂了，我怪叫一聲，睜開了眼睛。

第八十九章

魁魃飛殭

魁魃飛殭，傳說中的凶戾陰屍，
我出道以來，還從來沒有遇到過如此凶殘的對手，
連玄陰子都被嚇成了那個樣子，我的心裏真的沒底了。
我站在原地，冷冷地望著那具魁魃飛殭，手心早已滿是汗水。

「醒了，醒了，沒事了！」我先是聽到了鬍子的聲音，他顯然很擔心我。接著，我發現自己躺在一間石室的木板床上，身下鋪著油布氈毯，身上蓋著毯子。大家都圍著我，滿眼關切地看著我。

我慘笑了一下，強忍著身上的蝕骨之痛，皺眉問道：「是誰把石門關上的？」

「額，那個啥，這不是為了截住那些螞蟻嘛。我以為你會拍門的。」鬍子有些尷尬地說。

「鬍子，我操你媽。」我無力地罵道，「你這小子肯定是因為被我打過，趁機報復。」

「哪能啊，說起來，你還得感謝我呢。要不是我一直耳朵貼著石門聽著，就你那一下撞響，根本就沒人會聽到。要是那樣的話，沒人去救你，你就被啃完了。」鬍子端起一個飯盒，說道：「算是我錯了，給你賠罪，這是人參湯，你喝一點吧，補補身體，趕緊恢復過來，我們也好放心。」

「你自己喝吧，你讓我睡一會兒。」我四下看了看，問道：「二白怎麼樣了？」

「牠沒事，你放心，牠比你皮實，回來沒多久就好了，現在不知道跑去哪裡打野食了。」鬍子看看泰岳他們道：「喂，你們怎麼都不說話呢？」

「不知道說什麼，你們倆真是一對活寶。」泰岳無奈地搖頭嘆了一口氣，在一張椅子上坐下來，點了一根菸道：「這裏已經是第二層了。下面不知道會是什麼情況。」

「管他什麼情況，總之我先睡了，你們商量吧。」我深吸一口氣，閉上了眼睛。

玄陰子呵呵笑道：「下面有水，陰氣更重，恐怕要比地下河還凶啊。」

泰岳又問髫子道：「你的猴子在河裏不是很厲害嗎？怎麼被一群螞蟻虐得不成樣子？」

髫子笑道：「二白還沒完全成年，靈力有限，每次開眼之後，要隔一段時間才能再來一次，所以，剛才就遭殃了。」

「什麼開眼？」玄陰子好奇地問道。

「攝魂鬼眼。這鬼猴可是很厲害的，開眼之後，別說陰靈，就是厲鬼，遇到牠也得叫爺爺。」髫子又吹噓起來。

我聽著他們閒聊，迷迷糊糊地睡著了。

睡夢之中，我隱約覺得身下的床鋪輕輕搖晃了起來，一開始還不是很劇烈，後來幾乎就像是打樁機一樣「喀喀喀喀喀」的劇烈震動了。

我不覺大叫一聲醒了過來，翻身跳下了床。

「怎麼了？」鬍子疑惑地看著我。

「剛才是你在搖床？」我皺眉問道。

「沒有啊，我在打盹呢。」鬍子認真地說道。

「那就怪了，我怎麼感覺床在不停地搖晃呢。」我彎腰瞇眼看著床底，赫然發現床底居然蹲著一個黑色的影子。

「什麼人？」我一喊，那個影子一晃就消失了。

「什麼情況？」鬍子好奇地蹲下身來，拿著手電筒照床底。

「床底有東西。」我站起身，讓鬍子把床搬開，走到床底的石地上仔細摸索著，摸到了一個縫隙。當我沿著縫隙摸了一圈，發現裂縫是長方形的，這個長方形大約兩米長、一米寬，很像是一個秘密入口的蓋子。

鬍子欣喜地說：「我們把這個撬開看看吧，我估計這是藏寶貝的地方。嘿嘿，說不定咱們還能發一筆小財呢。」

「這裏面的東西可不是財寶那麼簡單。」我退到一邊，問道：「他們兩個呢？」

「出去探路了。你放心吧，他們兩個人在一起，不會出問題的。」鬍子走到門外，沒多久拿著兩根軍刺回來，蹲到地上，開始橇那塊石板。

我一手握著打鬼棒，一手也幫他一起撬。石板非常厚重，縫隙也很窄，我們撬了半天才撬動了不到兩釐米。

鬍子有些心煩地丟下了軍刺，回身在房間裏打著轉，眼睛一亮，一把將泰岳的背包拿過來，從裏面找出了不到半米長的尖頭撬棍。

「我就知道他帶著這個。」鬍子一陣欣喜，拿過撬棍，對著石板邊緣用力鑿了一番，很快就打開了一個缺口，接著將撬棍一插，和我一起猛地一撬，「咯吱」一聲脆響，石板被掀了起來。

底下的洞中立刻傳來一股濃重的惡臭，熏得我們皺眉一皺。我們低頭向下一看，那是一個很小的石坑。讓鬍子失望的是，石坑裏並沒有什麼金銀財寶，只有一堆霉爛的書籍和資料夾，在石坑一頭，蜷曲著一具骷髏。

骷髏的身上穿著破爛的舊式日本軍裝，腳上穿著黃色皮靴。骷髏的頭髮很長，估計是個女人，骷髏的臉上還戴著一副眼鏡。

我和鬍子對望了一眼。我們推測，這應該是一個做機要工作的日本女人，因為她掌管著很多機密文件，所以在房間裏裝置了一個存放文件的石坑。而她之所以會死在這裏，想必是當年姥爺和玄陰子攻入地下基地後，她情急之下躲進了這裏。

從她身上的骨頭有些發黑可以推測，她當時中毒昏迷了，就再沒能出來。

我和髫子小心地把女人的屍骨清理出來，把文件都搬了出來，但是我們都看不懂上面的內容。

「我裝一些到背包裏，說不定能派上用場。」髫子說道。

就在髫子把文件往背包裏裝時，一個厚實的黑色筆記本滑了出來。我好奇地撿了起來，塞進自己的背包裏。我準備出去以後，找人翻譯一下。

這時，玄陰子和泰岳回來了。聽我們說了發現的經過後，玄陰子皺眉道：「這些資料很重要，對研究歷史的人來說很有價值。」

「嘿嘿，是啊，他們是想要，但是你敢拿出去嗎？你一拿出這些資料，這個地方不就暴露了嗎？」別看髫子平時愣頭愣腦的，思路倒是很清晰。

玄陰子有些惋惜地說：「那我們就不要動這些文件了，把它們放回原處吧，等著其他人發現了再取吧。」

「正好缺燃料，我裝了一包，準備等下用來生火。」髫子說道。

「你，哎，真是浪費啊。」玄陰子神情激動地說。

「嗨嗨，你肉疼啥。」髫子又問道，「怎麼樣，你們有沒有探查到什麼？現在可以繼續出發了麼？」

「前面的情況有些怪。」玄陰子說道，「我們往前走了一段，發現這兩層都沒有活物。可能這裏是那些陰靈鬼蟻的勢力範圍，所以沒有陰靈敢在這兩層逗留。」

「那你說的怪是什麼意思？」我疑惑地問。

「是這樣的。」泰岳說道，「在走到第三層最後一個石門時，我的直覺告訴我，那個石門後面有極為危險的東西。」

「是陰靈怪獸嗎？」我問道。

「不，陰靈怪獸都沒有這麼凶戾的氣息，我感覺那東西比陰靈更厲害。」

「嗨，別在這裏自己嚇自己了。」鬍子有些不耐煩地打斷泰岳的話，走到門口，一聲呼哨將二白喚了過來，轉身看著我們說：「喂，我說各位，還不動身，難道是想在這鬼地方住下來嗎？」

我們起身收拾裝備，來到甬道裏，一路向著底層走去。甬道的兩邊有很多石室，玄陰子和泰岳已經把這一段探查過了，所以我們放心大膽地一路走過去。

我們來到第三層的道路盡頭，一堵石門緊緊閉著。我們下意識地在距離石門二三十米遠的地方停了下來。

「嘰呀—」我們這些人對那堵石門還沒有產生什麼明顯感覺時，二白卻像是感受到了特別令牠畏懼的東西一樣，一下子躲到了鬍子背後，縮成一團，渾身的毛都豎了起來。

大大咧咧的鬍子也有些驚愕地皺起了眉頭，不禁低頭對二白低聲罵了一句：「他媽的，別給老子丟人現眼，有什麼好怕的？瞧你那慫包樣！」

鬍子揪著二白的耳朵擰了起來，二白齜牙咧嘴地尖叫起來。

「不要吵！」我冷聲打斷鬍子，讓他們都後退一步。

我彎腰眯眼，向石門看過去，發現石門的顏色居然是清湛湛的。這種氣息，我以前從沒有見過，也不知道是什麼東西發出的。我不禁有些好奇地向前走去。他們站在原地幫我打著手電筒照亮，我一邊走一邊抽出了陰魂尺和打鬼棒。

「啪啪——」石洞裏很靜，我儘量放輕腳步，腳步聲還是非常清晰。我一點點靠近石門，看清楚了石門的樣子。

石門由灰白色岩石洗磨而成，表面很平整，落滿了灰塵，中間有兩個非常粗大的生鐵套環。我眯眼去看時，石門的顏色泛著青紫色的光芒。光芒最強的地方，在兩扇石門的縫隙裏。石門上還籠罩著一層青灰色煙氣，感覺森寒刺骨。我伸手去碰了一下，石門果然冷得像冰一樣。

現在，我相信泰岳的直覺了。這一關，看樣子是不怎麼好過了。我把眼睛湊到石門的縫隙前，卻只能看到一片青紫色的光芒。那光芒太強了，照得我眼睛都有些疼。

我心裏有了點數，就讓鬍子和泰岳一起去開門。我的身體還沒有完全恢復，沒有多少力氣。

泰岳和鬍子一左一右，發力去推石門。我則滿心警惕地站在他們的身後，死死地盯著越來越大的門縫，隨時準備應對石門後面那未知之物的襲擊。玄陰子也握著電警棍站在我身邊，隨時準備出手。

「嘎吱吱——」厚重的石門打開了。我抬起手電筒一照，瞇眼一看，卻不由得一怔，剛才我看到的青紫色光芒居然不見了。

石門後面是一條向下通去的階梯，兩側都是散亂的尖角碎石，上面都長滿了綠瑩瑩的苔蘚。空氣比外面更潮濕陰冷，乍一嗅到，讓人忍不住想打噴嚏。

「這後面好像沒啥奇怪的啊。」鬍子有些疑惑地看我。二白也跑了過來，鬼頭鬼腦地伸頭向裏面看，似乎也不再害怕了。

我踏前一步，來到臺階上，往下一照，心裏一凜道：「你們都過來看看。」

他們聚過來一看，不覺都倒抽了一口涼氣道：「那東西會走路的，還穿著鞋子呢，莫非是人？」

「這地下如果還有活人的話，那也不是這個世界的品種了，說不定也是從深淵裏爬出來的。」玄陰子不覺皺眉道。

這一路向下延伸的石頭臺階上，綠瑩瑩的苔蘚上面，居然有兩行清晰的腳印。腳印雖然有些錯亂，但還是很容易可以辨別出來，那是一個穿著鞋子的成年人的腳印。而且，腳印還很新鮮，似乎是剛剛踩上去的。如果我沒有猜錯，剛才站在石門後面釋放出青紫色光芒的，應該就是這些腳印的主人。

這個地方應該有十幾年都沒有人涉足過了。這裏原來的生活設施全都遭到了破壞，那麼，會是什麼樣的人，居然在這個地方生活了十來年呢？如果這些腳印的主人真是一個活人的話，那麼，這個人恐怕比魔鬼還要恐怖。

但是，前面的情況再恐怖，我們還是得繼續前進。我拿著高能鉛蓄電池的探照燈手電筒打頭陣，泰岳和鬍子抬著助力傘，玄陰子走在最後。

這是一處很空曠的地下空間，手電筒可以照出上百米遠，卻依然看不到空間的邊緣。我們看到的，是一大片混亂倒塌的房屋廢墟。

廢墟之中，長滿了喜陰的樹木。由於終年照不到陽光，這些樹木不是綠色的，而是青灰色的，眼前的景象就像黑白老照片一樣。

石頭階梯一路延伸到青灰色的樹林之中，階梯兩側是亂石堆積的陡坡，陡坡再往上，是豎直的石壁。石壁向上延伸形成頂壁，高度有幾十米。

我們一路都能見到那些詭異的腳印。當我們走完階梯，來到秘境森林之中，踏上潮濕的泥地時，卻發現那些腳印竟然憑空消失了！就好像腳印的主人會飛一樣。可是，既然會飛，又為什麼會在階梯上留下那麼多腳印呢？

我實在是疑惑不解。玄陰子似乎也沒有想到這個地方會變成這個樣子，他什麼話也沒說。我們沉默地休息了一會兒，再次整裝出發。

這一次，玄陰子在前面領路。畢竟，通往最底層的秘密入口只有他知道。我們漸漸地深入青灰森林之中。

這裏就像精靈的王國一般，遍地生長著不知名的樹木，地面上滿是厚實的苔蘚，林中不時出現一些羊腸小徑，小道旁邊則是一幢幢爬滿苔蘚、已經塌了的木屋。

我們很容易可以想像得到，當年那些人在這裏，是以叢林部落的形式生活的。他們組成了小家庭，有房屋、孩子、土地。如果不是後來沒有食物了，說不定他們真的會發展成為一個詭異神秘的地下部落。

玄陰子領著我們，沿著森林中的一條大道進入了一片密集的建築區。這裏似乎是地下部落的中心，有一座小城池，四周是巨石壘築的高達數米的城牆，城牆垛頭佈滿射擊孔洞，城牆外圍還挖掘了很深的護城河溝。

護城河溝裏依舊灌滿了水，水裏雜草橫生，藤蔓交錯，佈滿雜物，如同一條廢棄的城市下水道。沿著護城河溝上一座幾乎已經腐朽的木吊橋，我們來到城牆下，推開厚重的石門，進到城中，不禁感到驚嘆。

如果不是城牆上、道路上倒伏著一具具散亂白骨，地上丟棄著許多槍枝彈藥，旗幟早已殘破褪色，我們真的要以為這裏是一個異世界的神秘王國了。

城中的建築很考究，也很整齊。一條大道貫穿整個城池，中間是一個由兩條大道垂直交叉形成的小廣場。廣場的中心，矗立著一座雕像。大道的兩側林立著一排排整齊的房屋，房屋都是石塊壘築的，非常結實，抵擋子彈絕對沒問題。

房屋的頂棚卻是木頭做成的，非常輕巧，就算塌陷下來，也砸不死人。有些房屋的門已經破損，露出了黑洞洞的洞口，有的房門則緊閉著，甚至還上著鎖。整個城池裏的房屋不下千間，這裏有街道集市，有商鋪，有餐廳。

「呼呼——」不知道從什麼地方突然吹來一陣陰風，揚起了碎葉和塵土。我們立刻停下腳步，拿起手電筒四下照去，卻發現周圍很平靜。我瞇著眼睛警惕地搜尋，猛然看到，在一排房屋的後方有一片青色光芒一閃而過。

我心裏一凜。情況很不妙！那個散發出青色陰光的東西正躲在暗處觀察我們。

「快，繼續前進！」我冷喝一聲。

玄陰子也不說話，悶頭帶著我們出了城池，我們又步入一片青灰色的樹林，接著，樹木忽然都沒有了，前面出現了一片空地。空地很大，有上百米長寬，上面爬滿了藤蔓、雜草和青苔。

空地上立著一排排黑色十字架。有的十字架倒了，陷進了濕軟的泥土中，有的還直立著，如同失落的矮人一般。空地的入口兩側，有一座低矮的木屋。木屋前方是一個籃球場大小的廣場，中間有一座圓形高臺，上面擺著石桌和一個黑色石頭塑像，那是一頭長耳朵的狗頭怪物。

狗頭怪齜牙咧嘴的，身穿怪異服裝，手裏握著一把粗大的狼牙棒，氣勢倒是凶煞威猛，可是牠只有一隻耳朵，一條腿也已經斷了。這個狗頭怪的形象有些滑稽，猶如一具殘破的喪屍，正試圖從墳墓裏爬出來。

「這裏是他們的墓地，也是他們的聖地。」玄陰子抬手指了指後方的樹林道，「入口就在那一邊的樹林裏，我們快點過去吧。」

我們走到了墓地的中央地帶。陰冷的寒氣像是浸入了骨頭一般，我們都冷得發抖。我們抬眼四顧，到處都是十字架，以及一個個微微向下塌陷的土坑。這些土坑就是埋葬屍體的墳墓，由於水流滲漏，墳墓的泥土慢慢塌陷，就顯出了土坑。

「再往前走就有溫泉了，那裏氣溫會上升的。」玄陰子說道。

我忽然覺得眼角有一抹黑氣晃動，連忙抬起手電筒照過去，瞇眼一看，發現那是一個靠近路邊的墳坑，已經完全塌陷了，土坑裏有一條裂口，在那裂口處有一隻白骨人手正陷在淤泥裏。

「呼——」又是一陣陰風襲來。我們正前方的樹林之中閃起了一抹青色光芒。

「都小心了！」我把打鬼棒握在手中。

「嘎啦——」一個響聲從側面傳來，我們又一齊抬起手電筒向側面看去，只見那個墳坑中的白骨手臂居然豎了起來。

「我操，這都能詐屍？」鬍子冷喝一聲，從背上抽出了桃木棍。

我們正在驚愕時，只聽得「砰砰」、「嘎吱」的一陣陣聲響從四周傳來。我們這才發現，所有墳坑中，居然都伸出了白骨森森的手臂！

「嘩啦啦——」緊接著，所有墳坑都掀起了一大堆黑色泥土，一具具腐臭的屍骨，渾身拖著泥水，就從墳坑裏爬了出來。

陰風乍起，飛沙走石。怒號的風聲中夾雜著淒厲的鬼叫。亡靈的氣息瞬間瀰漫整個空間。我們四個人外加一隻猴子，勢單力孤。

我們不但遭遇了真正的喪屍，而且數量還是成百上千，光是想一想就讓人牙齒打戰，更不用說正面對戰了。我們此時唯一想的，就是怎麼逃跑。

形勢緊迫，我們沒有時間商量了，只需要一個決斷的命令。

「跟著我，衝！」我一把抽出陽魂尺，拿著手電筒向前衝去。陽尺入手，我的腦海中立刻一陣陰煞鬼氣繚繞。深吸了幾口氣之後，我清除了那些陰煞怨氣，凝神捏尺，漸漸感到陽尺傳來一陣熾熱氣流，從手心鑽入，蔓延到全身，使得我的氣息都變得火熱起來。

此時，我的身影在那些喪屍的眼中，定然是如同一團灼燒的烈火。它們如果膽敢靠近，那就是自尋死路！雖然它們已經死過一次，可是，它們將要面對的是比死亡更悲慘的狀況——魂飛魄散，徹底在這個宇宙中消失！

我怒吼一聲，衝著墳地後方那一個青光熠熠的樹林發出了挑戰。我手裏的陽魂尺快速揮舞，瞬間就撂倒了十幾具企圖衝上來圍攻我們的喪屍。

這些喪屍身體腐朽了大半，血肉淋漓、衣衫破爛。它們有男有女、有老有少，很多爛了臉孔，齜著兩排森白的牙齒，樣子無比凶怖。

它們借著陰風的吹拂蘇醒了過來，並不知道疼痛，心頭只有無盡的凶狠怨氣，更多的是受到那個青色光輝的驅使。

「噠噠噠——」泰岳掏出了手槍，朝靠近我們的喪屍射擊。但是，子彈對於喪屍沒有多大作用。除非打爛了它們的腦殼，或者打斷它們的腿骨，否則它們依舊會拖著殘敗腐爛的軀體頑強地向我們爬來。

唯一讓我們感到慶幸的是，喪屍的速度不是很快，而且沒有明確的作戰計畫，遲遲沒有對我們形成合圍。

「此地乃是陰寒屍地，這些屍體在這裏掩埋了這麼久都沒能完全腐爛，現在好像受到了什麼召喚。這裏頭一定還有可以操控這些喪屍的凶狠角色。」玄陰子一邊跑一邊喊道。

「那個狠角色就在前面樹林裏！」我冷喝一聲，甩手掃倒幾個喪屍，對大家喊道：「你們都跟緊了，我支撐不了太久，如果不能及時除掉那個領頭的傢伙，我們就只有死在這裏了！」

我們已經跑到了墓地邊上，正要進入另一邊的樹林。這時，忽然「呼呼呼」一陣流水風從側面吹來，吹得樹林「簌簌簌」一陣輕響，灑下了漫天枯枝。接著，一聲淒厲的號叫聲從樹林裏傳來。

我抬頭瞇眼看去，正看到一團刺目的青光從林中向上飄升起來。

「什麼情況？」鬍子被怪叫聲唬得一愣，沉聲問道。

鬍子的話音還沒落，只見一個全身青光粼粼、身上裹著殘破黑衣長袍、面容煞白的怪物晃晃悠悠地飛了出來，它赤眼利爪，披頭散髮，獠牙森森。

這個怪物向我們飛來時，一股陰冷窒息的氣場猛然壓了下來，我們就感覺胸口像是被壓了一塊巨石。等這個怪物飛到近處，我們才看清，它身上並沒有長袍，而是黑色長毛。黑色長毛中還夾雜著很多細碎的紅色長毛，如同猛獸的鬃毛一般。居然真的有會飛的殭屍！

「吼呀呀呀——」我們還在發愣的時候，殭屍再次發出淒厲的號叫，雙眼猛地一瞪，兩道紫紅光芒向我們射出。

「快閃開！這是魁魃！」玄陰子哆嗦著喊了一句，轉身就向後跑，卻不想迎面正撞在一具喪屍身上，被喪屍一爪子掀飛回來！

泰岳一把將玄陰子接住，接著幾槍將喪屍打退，他背對紅光站著，冷聲道：

「方曉，你能應付嗎？」

「我一個人不行，你最好幫忙我！」我站在原地，冷冷地望著那具魁魃飛殭，手心早已滿是汗水。

魁魃飛殭，傳說中的凶戾陰屍，那可是殺龍抽筋、赤地千里的恐怖存在。我出道以來，還從來沒有遇到過如此凶殘的對手，連玄陰子都被嚇成了那個樣子，我的心裏真的沒底了。

不過，正因為有這魁魃飛殭的存在，我更加確信，在那深淵的底部，必然存在著不為人知的秘密，我一定要想辦法一探究竟，不然我死不瞑目。

魁魃飛殭是得天地日月之精氣、修為齊天、可以自由飛行的殭屍玄魁。這與其說是殭屍，不如說是已經極度陰變，成為地獄派往人間荼毒生靈的死神！魁魃飛殭不懼純陽，噴出一口屍氣就可以喚醒腐朽千年的屍骨，發出一道陰氣就可以將鮮活的生命化為一灘黑水。

「唔呀——」隨著紫紅死光的照耀，四周的腐屍如同打了興奮劑一般，猛烈地嘶吼起來，動作變得迅捷無比，有些更是一躍三尺高，凌空向我們撲過來。

「操你媽！」泰岳和鬍子勃然大怒，揮舞著手裏的武器，將一具具腐屍猛擊出去。

玄陰子抱著二白瑟縮在我們三個人中間，動都不敢動。見到玄陰子的樣子，我心中不覺湧起一股同情和悲傷。

「一定要頂住！」我咬牙冷喝一聲，陽魂尺爆發出熾熱的純陽氣場，擊飛了一大片腐屍，接著我踏前一步，猛地一抬頭，對上了魁魃飛殭的眼睛。

「轟隆，卡啦啦——」四目相對的瞬間，我只覺得腦子如遭重擊，震顫欲碎，眼前閃爍出一片刺目火花，世界變得迷幻而絢麗，不時發出「啪啪」的炸響。

沒想到，單單是精神力場就已經如此強大，莫非我真要栽在這裏?!魁魃飛殭當真就無法克制嗎？

「咿呀——」我緊咬牙關，全身肌肉緊繃，發出一聲嘶吼，體內的純陽之氣與手中的陽魂尺相接，我艱難地抬手向上一揮，一道烈焰炫目的陽尺氣場猛烈擊出。

「噗——砰——」魁魃飛殭顯然沒有料到我居然可以爆發出如此力量，遲疑之際，已經被陽尺氣場穩穩擊中。魁魃飛殭的身影空中搖晃了幾下，接著張牙舞爪地怒吼一聲，全身毛髮都直豎起來，猶如張開了長刺的豪豬一般，向我猛撲過來。

我剛剛恢復神志，看到魁魃飛殭已經飛臨頭頂，兩隻冰藍色的利爪向我的身上撕扯下來。陰厲森寒的氣息撲面而來，尖爪未到，勁風已經吹得我的臉孔一陣火辣辣刺痛。

我連忙抬起陽魂尺去擋，但是，匆忙之間沒有凝聚氣場，這種格擋根本沒用。魁魃飛殭不是沒有意識的鬼魅，它是陰靈中的王者，它遭受攻擊之後，對我產生了強烈的仇恨。

傳說中，魁魃飛殭的鬼爪可以撕裂最堅硬的龍皮，可以切斷最堅韌的龍筋，其力量之大，令人無法想像。如果我被它抓上那麼一下，毫無疑問地被撕扯成一堆碎肉。

去。

情急之下，我來不及考慮太多，只能猛地咬破舌尖，將一口鮮血向前噴了出去。

「噗——」純陽之血落到陽魂尺上，立刻如同在火上澆油一般，灼熱氣場驟然放大，瞬間將逼到我面前的魁魃飛殭的身軀淹沒了。

「唔呀——」就在我以為魁魃飛殭已經被重創的時候，一隻鐵青色的枯枝鬼手卻突然從烈焰氣場後方伸了出來，一把抓住了我手裏的陽魂尺。接著，陽魂尺氣場猛地退去，現出了魁魃飛殭的身影。

此時，魁魃飛殭依舊毛髮直豎，它定定地站在我面前，一隻鬼爪緊緊地抓著陽魂尺，赤紅的鬼眼冷冷地瞪著我，嘴角抽搐著，尖利的獠牙也顫抖了起來。

這一刻，我真的是全身冰涼，完全驚呆了。

我的陽魂尺是何物？那可是由陰陽師門歷代祖師的純陽精氣練造而成的無上法寶。對於陰魂鬼魅來說，無疑是一把剔骨尖刀，可以讓它們觸之即死。只要我祭出這把陽魂尺，任何妖魔鬼怪都會立刻退散。

可是，現在，一個陰中之王居然敢用它的鬼爪子抓住我的陽魂尺！難道說，它的修為之高，已經達到了化陰為陽、不懼烈焰的神仙級別了嗎？那我還能怎麼做?!

「嗤嗤叱——」就在我驚魂未定時，只覺得陽魂尺上傳來一陣劇烈的顫抖。我低頭一看，只見魁魃飛殭緊握著陽魂尺的鬼爪中，正冒起一股股青煙，鬼爪也劇烈顫抖起來。

沒錯，它不是神仙，它只是鬼魅陰神而已，它再厲害，還是懼怕純陽之物。這純陽之氣，對於它來說，就是烈火！它連續兩番被我的陽魂尺所傷，充滿了憎恨，就想要挑戰陽魂尺，但是，它太高估自己的力量了。它雖然非常勇猛地握住了陽魂尺，但是，它將要付出的代價，將是無比慘重的。

陽魂尺是驅魂弒鬼的無上神器，又豈是陰煞之物可以觸碰的？受死吧，自大的魁魃飛殭，你的死期到了！

我很興奮，猛地把陽魂尺用力一擰。只聽「叱呀」一陣骨裂皮碎的聲音，魁魃飛殭握在陽魂尺上的手爪已經被我絞成了血肉淋漓的碎片。

「唔呀——」魁魃飛殭拖著殘碎的手爪，急速向後退去。

我冷笑一聲，正要向前追趕，身後卻傳來了混亂的打鬥聲。我回頭一看，這才發現泰岳和鬍子已經被那些凶戾的腐屍包圍了起來，正在奮力支應。兩個人身上都已經帶傷了，鬍子的大腿上更是被抓出了一條血淋淋的大口子。

見到他們的慘狀，我連忙回身殺了過去，陽魂尺連連揮出，將包圍在我們四周的腐屍全部都擊散了。泰岳和鬍子終於可以喘口氣了。

泰岳擦了一把汗，說道：「擒賊先擒王，這麼混戰下去，我們支撐不了多久，要趕緊消滅那個魁魃飛殭。」

「嗯，我先去對付它，你支援我。」我轉身向魁魃飛殭望去，只見它正緊咬利齒，冷冷地盯著我，它斷掉的左手爪上氤氳著一層青灰色的煙霧。

隨著煙霧的瀰漫，魁魃飛殭斷掉的手爪居然再次生長了出來！不過十幾秒鐘時間，一隻全新的手爪就抬了起來。魁魃飛殭赤紅的眼睛瞇成一條線向我們望來，接著竟然像人一樣冷哼了一聲。

我心裏一驚，不覺咬牙握緊了陽魂尺，一邊抬步向魁魃飛殭走去，一邊微微側眼去看泰岳。泰岳自然明白我的意思，微微地點了點頭。

我這才鬆了一口氣，緩緩抬起陽魂尺向魁魃飛殭指過去，猶如一位冷血的劍客，劍指敵酋。我現在所做的姿態，其實就是激怒它。它會飛，如果想要除掉它，就得讓它主動攻擊我們。

「有本事就再來，就算你能重生，我也可以再次把你消滅掉！」說這些狠話的時候，我的腿都在打晃。

其實，如果魁魃飛殭飛到空中，就是不下來，操控那些腐屍對我們進行襲擊，我們根本堅持不了多久就要筋疲力盡，葬身此地了。但是，怪物都是原始愚昧的，它們只懂得一味用蠻力。魁魃飛殭不懂陰謀詭計，這是我們唯一的幸運！

魁魃飛殭一開始對我們是有所忌憚的，所以，它沒有親自衝上來。但是，它在被我一記陽尺氣場擊中之後就發怒了。它對我產生了仇恨，就想和我玩命。

我的挑釁非常有效，剛剛重新長出手爪的魁魃飛殭一聲長嘯，身影一閃，閃電一般向我衝來。

這一次，它吸取了前兩次的教訓，不再和我的陽魂尺硬拼，而是利用它的速度優勢躲過了陽魂尺，出現在我的側後方，一雙利爪向我的後背抓挖下來。

它這次又失算了，它速度快，我也不慢！雖然我不能進行有效的反擊，但是，躲開還是可以的。此時，我的心中一片清明，沒有了恐懼，沒有了煩擾，一心只想打敗魁魃飛殭。它的一舉一動，我都看得清清楚楚，它的每一個意圖我早已明瞭。

在這一刻，我終於找到了一點兒修心的感覺。姥爺說得沒錯，真正能定下心性的人，不會被外界事物干擾。這就是修為，這就是層次。

我閃身就地一滾，躲過了利爪。我一擰身，陽魂尺拖曳著血紅焰火，如同一把烈火長刀，向魁魃飛殭掃去。

「哇呀——」魁魃飛殭沒料到反擊來得如此之快，額角被切掉了一塊皮肉，露出了白森森的額骨，不覺慘叫一聲，上下亂竄，不停地向我衝擊，很想一口將我咬成兩截。

我立身場中，心神清明，抱元歸一，體內血氣綿綿不斷的純陽之力不停輸送到陽魂尺上，支撐著烈火長刀的凶猛出擊。

「哇呀——」又是一聲慘叫，魁魃飛殭的嘴角再次中刀，青紫色的嘴唇瞬間被切成了四瓣。

「砰砰砰——」魁魃飛殭身上連冒三道青煙。泰岳的子彈準確地命中了魁魃飛殭的眉心、肚臍和陰部。魁魃飛殭的軀體立刻一滯，立在原地不動了。

我不覺一愣，有些疑惑地看了看身後的泰岳。泰岳已經轉身去對付那些腐屍了，似乎我這邊的事情他已經幫完了。

我沒有想到，泰岳會用這種方式來支援我。我本來以為他會釋放出體內那個怪異的黑影來幫我收拾魁魃飛殭的，他卻是用開槍來幫我。

如果是用手槍，還需要你出手嗎？我心頭一陣火起，子彈對它根本就沒用，你這不是明擺著要激怒它來坑我嘛！

但是，不對，魁魃飛殭似乎不太對勁，它怎麼不動了？莫非它真的怕手槍，被打廢了？可是，它又為什麼沒有倒下，反而是立在原地了呢？

好奇之下，我捏著陽魂尺向魁魃飛殭走過去。到了近處，才發現魁魃飛殭正瞠目齜牙、哆嗦著四瓣帶血的嘴唇，凶狠地瞪著我。

它的眉心有一個彈孔，子彈已經打穿額骨，鑽進它的大腦，它的肚臍也有一個彈孔，子彈進入了腹腔。它的下體最恐怖，已經黑血淋漓了。看樣子，子彈擊中了它的關鍵部位，造成了很大的痛苦。

我想，它是因為太過疼痛，全身抽筋，才會一動不動地站著。等到疼痛的勁頭一過去，它定然又會生龍活虎地到處亂竄了。不過，泰岳給我的解釋，卻和我想的不一樣。

「我用刻了定魂咒的子彈，封住了天地人三大要穴，現在它已經無法行動了，趕緊用你的陽魂尺收了它，再拖延就來不及了！」泰岳一邊和腐屍對戰，一邊對我大喊。

我這才恍然大悟，連忙抬起陽魂尺向魁魃飛殭的胸口插過去，凝神閉眼，念起了收魂咒，收取魁魃飛殭身上附載的陰魂怨氣。

第九十章

乾坤電法

「天地無極，乾坤電法，收收收——」

一聲長嘯夾雜著一陣咒語聲，那瘦小黑影的兩手白光閃耀，不停向那些腐屍拍去，瞬間將它們都打飛了。

被打飛出去的腐屍滾倒在地，就再也沒有站起來。

魁魃飛殭不愧是殭屍之王，它身上的怨氣之深、冤魂之多，是我聞所未聞的。

我聽到面前一陣「唧唧渣渣」的磨牙聲，不覺睜眼看去，驚得猛然後退了一步。

只見魁魃飛殭被我砍成四瓣的嘴唇，如同香蕉皮一般向四邊翻裂開來，一個拖曳著血肉和腐爛臭水的猙獰頭骨，居然一點點地從四瓣嘴唇之中拱了出來。

這個魁魃飛殭竟然強大到如此程度，居然可以在軀體被定住的情況下，自行剝掉皮囊，蛻變成一具血肉淋漓的血魁殭屍！

這具開始蛻皮向外爬動的血魁殭屍，散發出來的味道極其濃烈，簡直無法忍受。就在一兩分鐘之內，血魁殭屍已經緊捏著肉絲分明的拳頭，站在我面前了。那就像一個被活活剝了皮的人！

它的皮下脂肪白花花的黏在肚子上，全身上下都是一道道流著血的紅色肌肉絲。可以清晰地看到它抬手時，臉上肌肉絲鼓起、手臂和肋部肌肉抽動的模樣。那種感覺，已經不單單是噁心，而是本能的恐懼！

就在我還在對血魁殭屍變身震驚時，血魁殭屍怒吼一聲，身影一閃，猛地向我撲了過來，獠牙帶著寒光向我的脖頸上咬來。

這時，我已經明白魁魃飛殭之褪掉皮層、變身成血魁的原因了。在被泰岳的子彈擊中之後，它無法移動，只能眼睜睜地被我用陽魂尺收魂消滅。它無奈之下金蟬脫殼，褪掉皮囊換來自由行動的能力。

它的這種做法會令元氣大傷，但是，為了保命，它只能破釜沉舟了。恢復了行動能力後，由於強行褪去飛殭之皮，它已經從可以入海殺龍的飛殭淪為無法飛行的血魁殭屍了。血魁殭屍的力量僅次於魁魃飛殭，而原本我和魁魃飛殭就已經鬥了個旗鼓相當，現在它的力量下降了，我戰勝它就只是時間問題了。

「滾開！」我用一種居高臨下的鄙夷語氣，抬手一擊，將血魁殭屍揍飛了出去。

「唔呀——」

「噗通——」血魁殭屍慘叫一叫，被我一擊滾落在地。而它的攻擊除了在我身上灑下一片血水之外，根本就沒能給我造成任何影響。此時，它無論是力量還是速度，都已經不是我的對手了。

我冷笑一聲，向血魁殭屍走過去，已經準備痛打落水狗了。

我剛走到那蜷曲在地、不停號叫的血魁殭屍身前，準備用陽魂尺給它致命一擊的時候，突然有一隻手掌搭在了我的肩上。我還以為是泰岳，不覺得意地說：

「這兒不需要你了，我自己能搞定。」

我的話音剛落，猛然感到後背一陣冰寒傳來，接著，一股鑽心的刺痛傳來。

在倒地的一剎那，我回頭去看，赫然看到，血魁殭屍褪下的那層青色飛殭皮囊虛張著尖利的指爪，咧著四瓣青紫色的嘴唇，睜著一雙黑洞洞的眼睛，定定地看著我。而皮囊的一隻手爪上，已經沾滿了鮮血。它就是用那隻手爪戳進我的後背的！

我不知道自己後背上傷得有多重，我只感覺身體裏的力氣似乎瞬間被抽乾了，兩腿一軟，就向地上倒了下去。

一陣冰寒從後背的傷口處蔓延開來，我整個人凍得就像一個冰塊。我除了還有一絲清明的意識之外，已經完全感覺不到身體的存在了。

「吼——」一聲淒厲的嘶吼在耳邊響起，我眼珠子轉了一下，看到血魁殭屍大張著血肉模糊的大嘴，向我的脖頸上咬了過來。

「咯吱——」我只聽到了氣管被咬斷的聲響，卻沒感覺到疼痛，魁魃飛殭的森寒屍氣已經將我的神經系統都冰麻了。

血魁殭屍的尖利獠牙咬進我的脖頸，惡臭的氣息鑽進鼻子時，我自責起來。我太輕敵了！

我忘記了魁魃飛殭一個最重要的屬性。它陰力強大，是一個擁有無窮怨氣的陰變肢體。它的魂魄不是單一的，而是無數冤魂的集合。它可以蛻皮變身，魂魄也可以分散開來。蛻變之後的血魁殭屍可以行動，褪下的飛殭皮囊也可以行動。

這時我才明白，魁魃飛殭並不是單純地消耗許多元氣蛻變成血魁殭屍，它其實壓根兒不是在蛻變，而是在分身。它通過分身，巧妙地讓泰岳封住它天地人三裁氣穴的鎮魂符咒分散開來，失去了作用。

抬眼看著那虛飄在空中的飛殭皮囊，我微微瞇起了眼睛，開始調整呼吸。血氣，我的血氣，在飛殭皮囊的利爪上帶著我的鮮血！

我猛然閉眼，眉心緊皺，一道意念沿著右臂迅速流動，接上了陽魂尺中的熾熱意念之火，我頓感一股暖流傳遍身體，全身都變得暖洋洋的。

「哼！」我全身一震，單單是使用熾熱的陽尺場力，就已經將趴在我身上的血魁殭屍掀飛了出去。我全身的知覺瞬間恢復了。

我單手撐地，手捏陽魂尺，緩緩站了起來，眼睛一直緊緊地閉著。我感覺到，我的身後似乎立著一個全身烈焰騰騰的炎魔巨怪，熾熱的氣息一浪接著一浪地向我身上湧來，全身變得火燙。

「啊——」我大吼一聲，猛然睜開雙眼，兩道噴火的光芒從雙目中射出，直指飛殭皮囊和血魁殭屍。我的雙目在黑暗之中，也已經可以清晰地捕捉到那陰寒的氣息。

去。

「受死吧！」手揑陽魂尺，全身烈焰飛騰，我一躍兩米高，凌空向飛殭皮囊撲

殭皮囊擊飛了。

「呼呼呼——」飛殭皮囊一陣飄蕩，像一隻風箏一樣向上空直升而去。

我心裏一陣惱怒，遙遙一尺揮出，一道烈火般的陽尺氣場勁射而出，瞬間將飛

「撲嚓嚓——」飛殭皮囊在空中搖搖晃晃地向遠處的密林翻滾過去。

我又轉身向血魁殭屍望去，準備專心對付它，卻不想，只見到了一片鬼火海洋。森白的鬼火遍佈整個墓地，如同巨浪一般翻滾跳躍，洶湧澎湃。

我不覺心中一凜，一個記憶湧上心頭。

「這不是鬼火！」我扭頭向泰岳他們望去，發現他們此刻已經很危險了，一群全身火焰繚繞的腐屍正緊緊地包圍著他們。

為了不沾到那些火焰，他們只能用工兵鏟苦苦支應，根本沒辦法主動出擊，他們的戰鬥圈變得越來越小，最後被那些腐屍形成的牆包圍了起來。如果那些腐屍一齊撲上去，他們就算長了翅膀也飛不出去了。

陽火燒人，陰火燒魂！這正是我們在馬凌山防空洞裏曾經遭遇過的那種陰火。

我真的有些緊張了。不能再拖延下去了，不然，就算我能夠撐得住，泰岳他們

也撐不住了。擒賊先擒王，我必須在最短時間內將血魁殭屍除掉。這些陰火肯定就是它在作怪，只要把它除掉了，再想辦法撕破飛殭皮囊，這一關就可以過去了。

可是，血魁殭屍呢？我抬眼四顧，這才發現四周的那些腐屍都已經變成了相同的樣子，根本就分不出來了。只要血魁殭屍不主動上來找死，就算我再厲害，也無法找準它了。

我想過去查找和追擊血魁殭屍，但是又忌憚陰火的威力，不敢輕易妄動。

「嗷嗷嗷———」一陣淒慘的號叫聲，從包圍泰岳他們的殭屍牆裏發了出來。我聽出了那是玄陰子的叫聲。想必，他已經被陰火燒魂了。我心裏一驚，知道情況不妙，連忙飛身衝過去，準備幫他們把那些腐屍驅散。

我向殭屍牆衝過去時，只見眼角一閃，一道拖曳著森白火焰的腐屍趁我分心的當口，急速向我衝來。

我假裝不知，繼續向前衝，眼角的餘光卻緊緊鎖住腐屍的身影，直到它距離我不到三尺遠時，才斷喝一聲，陽魂尺化作烈火巨刃，猛然刺穿了腐屍的軀體。

「唔呀———」我還沒來得及看清楚那具腐屍是不是血魁殭屍，卻聽耳邊傳來一聲呼喝，扭頭一看，只見腐屍牆中有一個瘦小的黑影躥飛出來。

「大涅周天驅魔收魂大法———」瘦小的黑影上下躥飛，不停地將那些腐屍踢飛出去，接著雙掌一撮，一片閃亮的光芒從掌中迸射而出，瞬間籠罩住了那些腐屍，將它們都定在原地。

「天地無極，乾坤電法，收收收——」一聲長嘯夾雜著一陣咒語聲，那瘦小黑影的兩手白光閃耀，不停向那些腐屍拍去，瞬間將它們都打飛了。被打飛出去的腐屍滾倒在地，就再也沒有站起來。

我不禁一陣狂喜。玄陰子終於歸位了，他終於恢復了除魔收鬼的雄風，開始爆發出他的力量了。我眯眼看著玄陰子遊走腐屍群中的瀟灑身影，隱隱看到了當年他和姥爺笑傲江湖的風采。

我有些傷感地嘆了一口氣，收回了目光，扭頭向自己身前看去，這才發現，那個我戳中的東西只是一具普通腐屍，而不是血魁殭屍。血魁殭屍還沒有現身。

我不覺心中感到一陣怪異，隱約嗅到了一股不祥的氣息。我還沒有摸清那氣息到底在哪裡，猛然看到一道血色鬼影，閃電一般地向正意氣風發、盡情施展驅魔收鬼大法的玄陰子衝了過去。

玄陰子此時正興致盎然，熱血澎湃，壓根兒就沒有注意到那個血色鬼影，泰岳他們也正在觀賞玄陰子瀟灑的身手，更不可能注意到危險的降臨。

「小心背後！」情急之下，我大喝一聲，飛身向玄陰子奔去，想幫他一起對付血色鬼影。但是，我還是晚了一步。

血色鬼影已經衝到玄陰子的背後，一隻鬼爪重重地擊在玄陰子的後背之上。

「噗——」玄陰子一口鮮血噴射而出，瘦小的身軀向前直飛了出去。

「媽的，又栽了——」玄陰子落地之後，滿臉無奈地嘟囔了一句，頭一歪，昏倒了。

剛剛重振雄風的玄陰子，還沒有得意幾下，被血魁殭屍一記偷襲得手。我想，他倒地的一剎那，肯定是非常不甘心的。

我現在總算發現了玄陰子和姥爺的不同。姥爺修煉的雖然是陽支功法，精火旺盛，卻深得抱元歸一之道，能夠深藏功與名，元氣不外露，為人沉穩低調，不愛出風頭。他帶領我們探險的時候，會放手讓我們自己去拼殺，而他只是在旁邊冷靜地觀察情況，分析局勢，關鍵時刻才會出手幫我們一下。

而玄陰子性格怪異，變化無常，時而怯弱、時而自負，意志搖擺不定，讓人捉摸不透。他給我的感覺很搞笑。遇到一點小麻煩，會怕得要命，遇到大麻煩，反而爆發出巨大的潛力。

「泰岳，護住他！」我以最快的速度來到他們的戰團外圍，一尺掃出，擊飛了幾具腐屍，也將血魁殭屍逼退了。我橫尺擋在泰岳等人面前，直視著血魁殭屍。

泰岳和鬍子奔過去，把玄陰子扶了起來。玄陰子已經昏迷了，全身冷得像一塊冰。我回頭看了一下情況，也有些擔憂，但是，現在正是決戰時刻，想要救他，只能等到我打敗血魁殭屍之後了！

我全身火焰沸騰，向血魁殭屍衝了過去。

「吼吼啊哈哈哈——」血魁殭屍怪叫著四下躥騰飛奔，顯然對我有些懼怕，不敢和我正面硬拼。我只能依靠速度優勢對它進行追擊，利用陽尺氣場對它進行攻擊。

這麼一圈追擊下來，血魁殭屍的身上已經被陽尺氣場打得直冒白煙了。

「吼吼吼——呼呼呼呼——」半空中突然傳來一陣怪異的聲響，飛殭皮囊又從林中飛了出來，正向血魁殭屍飛去，想和它會合。

我不待它們會合一處，已經把一道陽尺氣場強勁射出，劈砍到飛殭皮囊上。

「撲哧——」皮肉撕裂的響聲傳來，飛殭皮囊被我一刀劈砍，生生撕裂成了數塊。

我不覺面露得色，以為已經把飛殭皮囊幹掉了。可是，只見碎成數塊的飛殭皮囊居然一齊飛到血魁殭屍的身上，「唰唰唰」附到了血魁殭屍身上。

此時再看向血魁殭屍，我不禁感到很怪異。血魁殭屍全身血肉淋漓，但是四肢上卻裹了一層厚厚的青色皮胄，胸口也套上了背心一般的皮甲，而且，它的背後居然張開了一堆由飛殭皮囊的碎片組成的長毛飄飛的翅膀！

隨著翅膀一陣拍擊，它竟然飛了起來。看著這隻張開兩隻黑毛翅膀飛上天空的鳥人，我驚得目瞪口呆。

「吼吼——」這一連串變身似乎只是初步的，魁魃飛殭突然抬起血肉淋漓的手爪，向下虛空一抓，只見一片青色輝光普照，地面上遍佈的陰火居然一下子都被魁魃飛殭吸到了手爪之中，形成了一團閃亮刺目的火球。

接著，魁魃飛殭猛地一張大口，將火球吞入腹中，只見它全身一陣劇烈的扭曲抽動，瞬間全身血肉皮甲都變成了灰白色，軀體也瞬間如同發麵饅頭一般脹大了數倍，身高接近一丈。接著，它開始長出一層新的皮肉，泛著森森寒光，可知皮肉很堅韌。

「唰唰唰——」新的皮層開始生長時，魁魃飛殭的手上也冒出了尖利如同匕首的指爪。

「呼呼——」它背後的雙翅猛地一伸展，擴大了數倍，變成了一對火焰森白的巨大肉翅。

此時再看魁魃飛殭的面部，早已面目全非了。一顆巨大的白色頭顱，上面臃腫地堆積著血泡一般的肉疙瘩，五官只能在那些肉疙瘩的縫隙裏才能勉強找到。

「吼吼吼———」魁魃飛殭張開了嘴巴，晃蕩著滿臉肉球，細小的眼睛裏一道寒光閃出，雙翅一扇，已經瞬間移動到我的面前，在我根本還沒有反應過來時，四道指爪已經劃過了我的肩頭，留下了四道露骨的血槽。

「操！」我手捂肩頭，怒罵一聲，趔趄著向側面翻滾，卻還沒立穩腳跟，數道寒光已經迎面向我臉上戳了過來。

森寒鋒利的指爪劃過我的臉，將我的腮幫子戳穿的時候，我才明白了一個道理。千破萬破，唯快不破！此時，我真正意識到了自己與魁魃飛殭的差距。

雖然我手握無上法寶陽魂尺，可以輕易消滅任何凶戾陰魂，可是，同樣的兵器在不同的人手裏會發揮出不同的功力。

手捏陽魂尺的我，其實還只是一個江湖混混，我沒有什麼修為，對於神兵利器的使用只是出於本能的心性，僅憑著意志堅強，速度快捷。現在，有一個比我心性更狠、力氣更大、速度更快的恐怖對手出現了。

「呼———」勁風拂面，我只來得及閉眼感受那血刃入肉的刺痛酸麻感覺。這一戰，我敗了，而且敗得一塌糊塗，毫無還手之力。

變身之後長著一對火焰翅膀的鳥人魁魃飛殭，速度快如閃電。我一個呼吸之間，它就把我戳得千瘡百孔了。我感覺自己快要被撕成碎片了。

「大同！」鬍子凶狠地怒吼著，一躍兩丈高，大力揮舞著工兵鏟，想要和魁魃飛殭拼命，卻只是撲了空，接著被魁魃飛殭一爪子掃飛出去，跌進了幾十米外的一個墳坑之中。

此時，墳地裏已經沒有森森陰火了，唯一能照明的，就是泰岳手裏拿著的手電筒。可是，手電筒已經被丟在了地上，泰岳不知去向了。

我只能憑直覺判斷魁魃飛殭的位置，勉強吸氣，爆發出熾熱的陽尺氣場，將我全身籠罩起來，以免再次遭受魁魃飛殭的偷襲。

奇怪的是，魁魃飛殭把鬍子擊飛後，居然沒有再來襲擊我。我好奇地抬眼四顧，這才發現，在我正前方幽暗的上空，魁魃飛殭正伸展著火焰森森的肉翅，冷冷地與地面上的一個黑墨般的巨大黑影對望著。

「吼——」魁魃飛殭顯然對那個黑影很不屑，一聲嘶吼，飛身向下撲去。

但是，這一次它失算了。黑影既然敢與它對望，自然不是尋常之物。它這麼向下一撲，立刻就被黑影包裹了起來。

「吼吼吼——」接下來的幾分鐘裏，我只看到魁魃飛殭的森白身影一點點地被那個黑影淹沒，最後發出一聲聲淒厲的怪叫。

魁魃飛殭的怪叫聲完全停止後，一縷幽幽的綠色火焰才從黑影之中飄了出來，落到了地上，一下一下地跳躍著，最後在那個黑影一口氣息的吹拂之下，徹底熄滅了。

「轟——」一聲悶響，我發現那個巨大的黑影消失了，變成了泰岳的身影。淡淡的手電筒燈光之下，泰岳怔怔地看著前方，仰面向上倒地，昏睡了過去。幽深的地下墳地之中，此時陷入一片死寂。腐屍沒有了，鬼火沒有了，魁魃飛殭沒有了，只有瀰漫不散的陰氣。

我們四個人中，現在除了我，都已經昏迷了。鬍子被魁魃飛殭一招秒殺，跌進了墳坑之中，直到現在都沒有聲息，不知道情況怎麼樣了。玄陰子遭到血魁殭屍的偷襲之後，一直昏迷不醒，傷勢不輕。泰岳則是爆發出了那個巨大的黑影，滅掉了魁魃飛殭，元氣大傷，昏倒在地。

現在唯一能動的人，就只剩我了。而我的傷勢也很重，渾身刀口鮮血淋漓，我實在是沒有力氣再動一下了，只想直接閉眼睡覺。這一番激戰，我實在是有些洩氣了。

「唧唧——」一個熟悉的尖叫聲在耳邊響起，我側眼一看，只見二白不知道從什麼地方鑽了出來。牠的身上居然一點傷都沒有，可見牠很聰明，在戰鬥打響的時候就找地方藏起來了，根本就沒有和那些腐屍戰鬥。

我心裏又氣又好笑，艱難地對二白說道：「快去找你的主子，看看他死了沒，呼——」

由於腮幫子被魁魃飛殭戳了窟窿，我說話的時候嘴裏一直在漏風。我艱難地伸手摸了摸臉上的傷口，心裏一陣苦笑。

二白連忙飛身向鬍子所在的地方跑過去，不多時，就聽到一個粗聲粗氣的聲音傳來。

「呸呸呸，操，滿嘴骨渣子！」很顯然，鬍子掉進墳坑之後，親到了裏面的腐朽白骨。

「呸呸——」鬍子連吐了好幾口，才從墳坑裏爬起來，捂著肋骨，慢慢走到我面前，咧嘴說道：「乖乖，我挨了一下，疼暈過去了。你小子真他媽的神奇，挨了這麼多下，還能睜著眼睛。」

「你傷得怎樣？」我喘著氣問道。

「還行吧，就是有點疼，估計肋骨斷了幾根。」鬍子伸手從肋部摸出一大把鮮血，甩到地上，說道：

「放心吧，剩下的事情交給我就行了，你先休息吧。」

我這才放心地閉上眼睛，長舒了一口氣，昏睡了過去。

不知道過了多久，我醒來的時候，發現自己躺在一間木屋裏。木屋很舊，頂上還破了個洞，屋子裏落滿灰塵，點著油燈，但是床上有草甸子，我睡得很舒服。

我輕輕地摸摸臉，發現傷口已經結疤了，只是還有些疼。而我身上的傷口太過嚴重，就沒有這麼輕鬆了，只要輕輕一動，就痛得我齜牙咧嘴。

我抬頭一看，發現玄陰子躺在我對面的一張床上，還沒有醒。鬍子和二白面朝外蹲在門檻上抽菸，就是沒看見泰岳。

「咳咳——」我咳嗽了幾聲，感覺嗓子裏幾乎要冒火了。

「喲呵，醒啦，奶奶的，算你牛。」聽到我的動靜，鬍子連忙跑進來，把水壺遞到我嘴邊，餵我喝水。

「咕咕咕——」我連喝了好幾口，這才伸手接過水壺，自己拿在手裏，長出了一口氣，問道：「這是在哪兒？泰岳呢？老傢伙的情況怎麼樣了？你的傷怎麼樣了？」

「這兒啊，就在那個秘密入口旁邊，泰岳出去查看情況了。老傢伙的情況還行，醒過一次了，吃飽喝足了又繼續睡的。他的記憶，因為燒魂，已經完全恢復了，現在就像變了一個人，臉很陰沉，哈哈。」鬍子說著，扭頭發現玄陰子已經醒了，就對我說道：「我的傷沒什麼大礙，斷掉的肋骨泰岳幫我接上了，我睡了一覺，感覺好多了。現在我們就等你了。只要你恢復了，我們就可以繼續前進了。」

「泰岳到底是怎麼除掉那個東西的？」我下意識地問道。

「嘿嘿，滅魂碎屍。你問我他是怎麼做到的，我還真是不知道，你自己去問他吧。我覺得呀，他才是真正的怪物，他的身體裏有怪獸！」鬍子哈哈笑道。

我也被逗樂了，不禁隨口罵了一句，扭頭向玄陰子看去，卻迎上了一雙陰鷙的眼睛！

恢復了本性的玄陰子，眼神像鷹一樣。和他對視的時候，我能夠明顯地感覺到那眼神之中的陰暗和仇恨。他冷冷地看著我，臉上沒有表情，我根本就看不出來他心裏在想什麼。

「哎呀，老爺子醒啦？感覺怎麼樣？能動了麼？」鬍子一如既往的爽朗，和玄陰子打了招呼，點了一根菸塞到他手裏。

玄陰子緩緩坐起身，接過菸，悶頭抽了一口，這才下床，默默走到我床邊坐下，低頭抽著菸。

「你現在想做什麼？」我皺眉問道。

「把尺都給我看一下。」

我心想，就算他想把尺拿走，在這幽深的地下，他也跑不到哪裡去，也就放鬆了一些。我掏出陰魂尺和裝著陽魂尺的盒子，放到他面前。

見到陰陽雙尺，玄陰子有些激動地扔掉菸，先是拿過陰魂尺，愛不釋手地反覆摩挲，才輕輕放下，然後打開陽魂尺的盒子，細細地看著，輕輕用手指觸摸尺上的紋路和刻度，氣息變得越來越急促。

見到他的樣子，我不覺冷聲道：「陰尺你可以拿去，陽尺必須留下。」

玄陰子將陽魂尺放了回去，蓋上盒子，抬眼看著我，皺眉問道：「你知道這兩把尺為什麼這麼重要嗎？」

我淡淡地說：「不就是因為它們是剋人剋鬼的法寶嗎？」

玄陰子微微一笑道：「難道師兄沒告訴過你嗎？我們師門的鎮派之寶，其實一共有四樣。」

我不覺回想起當初姥爺將這對尺傳給我時所說的話，不禁問道：

「另外兩樣就是嵌在尺上的陰陽珠？」

「不錯，」玄陰子點了點頭，長出了一口氣，瞇眼道：「你知道陰陽珠有什麼作用嗎？」

「有什麼作用？」我好奇地問。

「陰珠管死，陽珠管生，陰陽結合，妙用無窮。」玄陰子神情有些激動地站起來，說道：「我們門派的鎮派之寶以前一直沒能集齊過，你算是天命所選的師門繼承人了，一下子集齊了兩樣法寶。這尺你收著吧。」

「我不會和你搶的，我搶了也沒有用。我告訴你，擁有陰陽雙尺之後，如果再找到陰陽珠，施展陰陽法陣，就可以斷生死，掌輪迴，成為天神一般的存在！哈哈哈，看來這是注定我陰陽師門要中興啊，小子，好好加油，把師門交到你手裏，我很放心。」

玄陰子又點了一根菸，坐在椅子上，暢快地抽了起來，又說道：

「我希望你能夠把陰陽珠也找回來，那樣的話，我們陰陽師門必定能超越所有教派。到那時，我真的就可以含笑瞑目了。」

「那你知道陰陽珠在哪裡嗎？再說了，我也不知道如何施展陰陽法陣，姥爺沒教過我。」

「陰陽法陣是最簡單的易理，你想學的話，好好看看那本竹簡古書最後幾頁的內容。至於陰陽珠的下落，我還真是不太清楚。據說當年祖師爺施展陰陽法陣之後，由於力道拿捏不穩，兩顆珠子飛射而出，一顆落到了天之涯，一顆落到了地之角，根本無從尋起。要想找到這兩顆珠子，恐怕是要費不少工夫的。不過，就算找不到，這兩把尺也足以傲視天下了。」

玄陰子滿心歡喜地抽著菸，眼中的陰鷙之氣散了不少。

「我現在沒有這個需要，所以，也沒必要去找那兩顆珠子。」我皺眉說道。

「陽珠管生，把陽珠含在嘴裏，可以讓人長生不老。陰珠管死，把陰珠放在屍身嘴裏，可以保萬年不腐。你想想，如果得到這兩顆珠子，會有多大的能力。更何況，這兩把尺如果能和兩顆珠子配合使用，尺的法力也會增加數倍。」玄陰子兩眼放出光芒。

「明白了。」我點了點頭，隨即卻道：「可是我沒有那個興趣。」

「哼。」玄陰子冷笑一聲，看著我說：「你會有的。」

「等有了再說吧，說說你自己吧。你現在恢復記憶了，準備怎麼辦？」我皺眉問道。

「我沒有完全找回記憶時所做的一切決定，我都不會反悔。我現在唯一想要做的事情，就是去北城看一看那幫小子，跟他們交代，讓他們好好跟著你幹，把掌門之位完全傳給你。」玄陰子說道。

「你居然真的打算把掌門傳給我，這可真是稀奇了，我本以為你會很恨我，要奪回你的位子呢。」我有些好笑地說。

「我就知道你心裏是這麼想的，你想利用這個事情來氣我，想要爭這口氣，然後讓我醒來之後乾瞪眼，被你氣得吐血是不是？」玄陰子淡然一笑，「可惜你失算了，我不是狹隘的人，就算當年我去奪取掌門之位，也是一心為了讓師門發展得更壯大。所以，只要有利於師門發展的事情，我都會坦然接受。你想要氣到我，有些困難了。」

玄陰子與我的仇怨化解了。我有充足的理由相信他的話，而且，如果他膽敢與我對敵，我有十足的把握輕鬆把他滅掉。

和玄陰子說完話之後，泰岳回來了，他已經探明了秘密入口所在。

由於我傷勢太重，無法馬上繼續前進，我們就待在破舊的木屋裏，吃飽喝足之後，好好睡了一覺。之後我恢復得差不多了，我們這才帶齊裝備出發。

我們來到秘密通道入口，這是一個非常大的洞口，直徑足有四五丈，裏面黑洞洞的。這麼大一個洞口，如果說是秘密通道，真的有點牽強。

這個地洞的最開始一段，是豎直向下的。玄陰子知道要怎麼下去，他拿了一根繩子，繫到地洞旁的巨石上，把繩子丟進洞裏，然後站起身拍拍手，說道：

「原本這裏有升降機的，不過，我們攻進來的時候，那些人下去了，就把升降機給破壞掉了。好在這洞也不是很深。」

玄陰子說完，拿過手電筒，一手抓著繩子，向後一跳，就順著繩子墜了下去，動作敏捷輕盈，完全不像先前那個怯懦的老人家了。

玄陰子著地之後，抬起手電筒對我們揮了揮。見到信號，我緊跟著滑了下去，這才發現豎直的洞口只有十來米深，但是，石洞的底部並不是洞底。

我們拖著助力傘包，沿著斜向下通去的地道，很快就走進了一個極為空曠寬闊的地下洞穴。我們站在洞口，抬起手電筒四下看去，只見到處都散落著腐朽碎亂的白骨。

地下洞穴的地面非常平整，一條平坦的大道從遠處一直延伸到腳下，大道兩邊散亂堆放著許多戰備物資，有彈藥箱，有槍炮，甚至還有已經倒伏在地上的鐵皮小屋。大道一直向前延伸，看不到盡頭。

「就是這裏了。」玄陰子有些感嘆地說，率先抬腳向前走去。我們默不作聲地跟上玄陰子。

「這一片白骨，就是當年被我們殺死的那些人。」玄陰子邊走邊給我們說明，「當然，也有我們自己人的屍骨。這裏是他們最後的據點，他們想拼死一戰，但是藏在這裏的都是一些十五六歲的孩子，連槍都拿不穩，根本不可能是我們的對手。」

我不禁皺起了眉頭，擊殺沒有什麼作戰能力的少年，有什麼值得炫耀的？

「對了，這裏。」玄陰子走到靠近石壁的地方，指著一個用木頭搭建起來的簡易小屋，「這裏就是那個女人藏身的地方。你看，這裏面還有包袱、小搖籃，這麼多年了，居然還沒有壞掉。」

玄陰子抬腳踢了踢那些東西，激起了一片灰塵。

我默默轉頭向地洞的底部望過去，幽幽地問道：「警戒線在哪裡？」

玄陰子看出來我的心情不太好，就帶著我們往前走，說道：

「我們兩邊交戰的時候，那個女人抱著孩子，逃到了這裏。」

玄陰子抬手指了指前面一處地方，說道：

「警戒線就在大壩的前面，你走過去就可以看到了。」

我們來到那個大壩底下，抬頭一看，居然足有三四丈高，是水泥築成的。大壩上還建有小型哨塔，上面隱約還豎著一根旗杆。在距離大壩幾十米遠的地面上，清晰地畫著一條白線，線內用日文寫著警戒線。

我發現大壩上有一些窄小的階梯，可以通到大壩頂上，心裏大概可以想像到當年的情景了。想必那個女人抱著我，從這裏逃到了大壩上面，無路可退，就被玄陰子他們抓住了。

我心情激動地向前跑去，一路跑到大壩頂上，抬起手電筒向前一照，不禁倒抽了一口冷氣。

就在我的面前，是一處無邊無際的虛無空間，低頭向下望去，大壩向下延伸了幾十米，就接上了岩石峭壁，岩石峭壁之下，根本不知道有多深。據玄陰子說，我是坐著小型飛機飛出來的。對了，那飛機呢？

我連忙抬起手電筒四下尋找，很快就在大壩一側的峭壁下，看到了一架摔碎的木製小型滑翔機殘骸，不覺向那邊跑過去。

鬍子連忙跟上我，跟我一起來到滑翔機殘骸的旁邊。我發現滑翔機的頭部果然是朝向我們剛才進來的入口方向，也就是說，滑翔機確實是從深淵裏面飛出來的。

滑翔機有發動機，墜毀的時候似乎爆炸過，機身上的木料很多都被燒得焦黑了。但是，飛機爆炸之後產生的大火應該很快就被撲滅了。機身的艙門大開著，裏面除了飛行儀器和一張座椅之外，沒有什麼殘存的東西了。

我不甘心地鑽進了機艙中查看情況，卻沒有發現任何有價值的東西。

我失望地嘆了一口氣，卻不想，一個嘆息的聲音突然從機艙尾部傳了過來。

我不禁一愣，立刻意識到，那並不是鬍子他們發出的聲音。我連忙瞇眼看著機艙，只見一個纖柔的身影正站在那裏，幽幽地望著我。這是一個女人，長髮披散，目光柔和。

我知道這可能是一個居住在機艙裏的陰魂。倘若是平時，我肯定會拿出打鬼棒或陽魂尺，將陰魂收掉。但是，此刻我卻覺得這個陰魂讓我感到比人類更親切，我竟然覺得自己應該和這個陰魂是同類。

我收回了目光，發出了一聲嘆息。我不知道這個陰魂為什麼會嘆息，我只知道，這一刻，我心裏非常失落，感覺少了什麼，但是又不知道到底是什麼。我有些傷感，也有些疲憊。

玄陰子他們就站在機艙外面，靜靜地看著我。他們並不瞭解我的心情，但是都知道我不開心，所以他們一致保持了沉默。

行程走到這裏，我們的目的已經算是達到了，接下來的路，已經和他們無關了，只能靠我自己了。

「哎——」又一聲悠悠的嘆息聲傳來。

我失笑地扭頭向黑乎乎的機艙底部看去，不禁問道：「你有什麼好嘆息的？你該知足了。至少，你不像我，有那麼多煩惱。」

「哎——」猛然一陣陰風乍起，吹起一片灰塵，接著，我清楚地看到一個長髮飄飄的女人，緩緩地從那片灰塵中走了出來。

那個女人幽深的眸子冷冷地注視著我，接著非常果斷地轉身，向著遠處走去了。

我怔怔地看著那個女人的身影遠去，不明白她想告訴我什麼。

隨即，我聽到玄陰子忽然訝異地說：「有情況！」

玄陰子雖然看不到，但是他對陰魂力場很敏感，也覺察到了那個陰魂的存在。他手裏的電警棍「卡啦啦——」地閃起了電火花。

我不覺一愣，知道他想把那個陰魂清除掉。我猛地從機艙裏跳了出來，一把抓住他的電警棍，摔飛了出去。

「我不允許你傷害她！」我有些神經質地對玄陰子怒吼道。

「喂，大同，你怎麼了？」鬍子和泰岳連忙抓住我的手臂，滿心關切地看著我。

玄陰子更是驚愕地看著我，一時間說不出話來。

「沒什麼。」我甩開他們的手，怔怔地轉身向大壩走過去。

我覺察到一陣悠悠的冷風不停吹拂過來，似乎給我引路一般。我瞇著眼睛，跟隨著那股冷風，很快來到大壩底下。我抬眼向上看去，一個女人站在大壩頂上。

那個女人上身穿著白色襯衫，下身是一條棕黑色褲子，身材窈窕。她的頭髮很長，此時被風吹起，遮住了她大半張面孔。她靜靜地看著我，接著緩緩轉身，消失了。

請續看《我抓鬼的日子》之九 神鬼時空

千萬別以為你做的事，沒有人看到……

超現代神異奇幻醒世寓言

靈異大師司馬中原大力推薦！

今生，就等一個人

荻宜—著

他以為，不喝孟婆湯，就可以一直保有前世記憶，
他以為，不忘記前世記憶，就可以永遠擁有愛情；
然而，凡事皆有定律，即使是天曹地府亦有常規，
若是違背天意，後果只能自己承擔！
如果還有來生，他還會不再喝孟婆湯嗎？

天堂與地獄的界線，只有一線之隔；
好人與壞人的差別，只在一念之間！

據說，每個人在輪迴轉世時，都會喝下孟婆湯，喝了孟婆湯之後，所有的前世記憶都不復存在，方能在下世重新做人，展開新一輪的生活。然而，他卻沒有喝下孟婆湯，只因他琴藝出眾，連地藏王菩薩都被他的琴音所迷醉，故而網開一面，留他一條生路，沒想到，這竟為他帶來了無法預料的災難與意想不到的後果……

我抓鬼的日子 之八 鬼眼迷蹤

作者：君子無醉
發行人：陳曉林
出版所：風雲時代出版股份有限公司
地址：105台北市民生東路五段178號7樓之3
風雲書網：http://www.eastbooks.com.tw
官方部落格：http://eastbooks.pixnet.net/blog
Facebook：http://www.facebook.com/h7560949
信箱：h7560949@ms15.hinet.net
郵撥帳號：12043291
服務專線：(02)27560949
傳真專線：(02)27653799
執行主編：朱墨菲
美術編輯：許惠芳

法律顧問：永然法律事務所 李永然律師
北辰著作權事務所 蕭雄淋律師

版權授權：蔡雷平
初版日期：2015年3月
初版二刷：2015年3月20日
ISBN：978-986-352-070-2

總 經 銷：成信文化事業股份有限公司
地　　址：新北市新店區中正路四維巷二弄2號4樓
電　　話：(02)2219-2080

行政院新聞局局版台業字第3595號 營利事業統一編號22759935

定價：280元　特價：199元

國家圖書館出版品預行編目資料

我抓鬼的日子 ／ 君子無醉 著. -- 初版-- 臺北市：風雲時代，
2014.6 -- 冊；公分

ISBN 978-986-352-070-2（第8冊；平裝）

857.7　　103013689